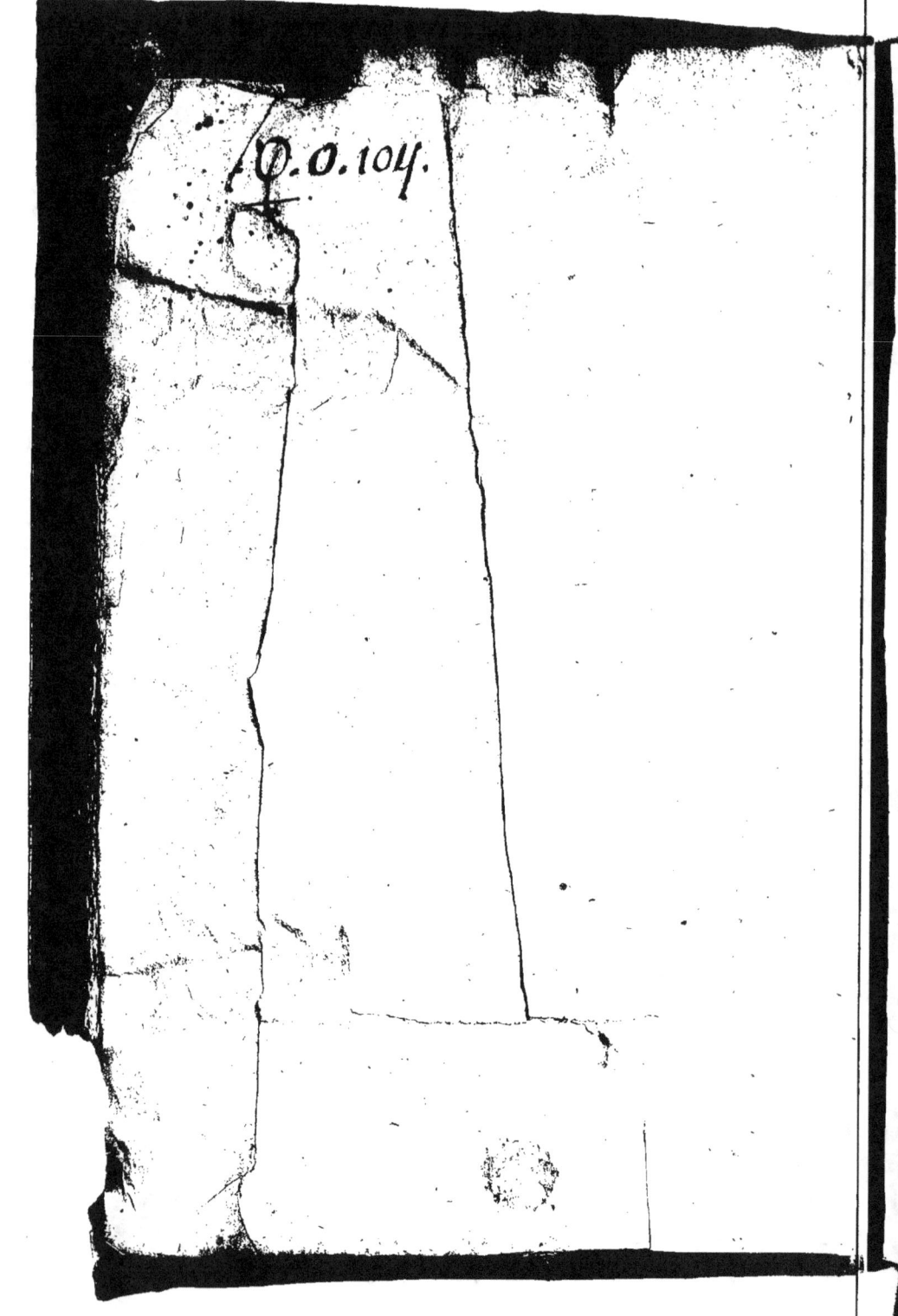

Y 218

Y 6

LES
OPVSCVLES
D'HOMERE.
Qui sont
LA BATRACHOMYOMACHIE.
LES HYMNES.
LES EPIGRAMMES.

DE LA VERSION DE SALOMON
CERTON Conseiller, Notaire, & Secretaire
du Roy, maison & Couronne de France,
& Srecretaire de la chambre
de sa Maieste.

A PARIS,
Chez NICOLAS HAMEAV, ruë S. Iaques,
deuant les Mathurins.

M. D C. XV.
Auec Priuilege du Roy.

LA BATRACHOMYOMA-
CHIE D'HOMERE.

PAR l'inuocation des Muſes ie commance
Qui deſſus Helicon menent leur ſainĉte
   dance,
Affin que ie leur ſonne vn chant plaiſant
   & dous
Que i'ay depuis n'aguiere écrit ſur mes genoux :
C'eſt vne grand' bataille, œuure plein de merueilles
Du tumultueux Mars, treſdigne des oreilles
Des hommes qui l'orront raconter vrayement,
Comme rats & ſouris allerent brauement
Grenouilles aſſaillir, contr'imitans les geſtes
Des Geans terrenez (encontre les celeſtes.)
Or les hommes mortels le racontent ainſi,
Et voicy la façon que commença cecy.

Narra-
tion,

  Vn rat mourant de ſoif rechappé de la pate
Du chat, venoit mouiller ſa barbe delicate
Dedans l'eau d'vn eſtang, & ſe reſiouiſſoit
Le cœur dedans ceſte eau qui le rafreſchiſſoit,
Alors qu'vn grenouillat, comme il n'y prenoit garde
Vint a l'araiſonner d'vne voix babillarde.

Eſtranger qui es tu, d'ou viens tu de ce pas,
De quelles gens es tu? parle, & ne me mens pas,
Si ie te recognois d'eſtre mon amitié digne

Φυσι-
γεα-
φος.

Ie te recueilleray dans mon palais inſigne
Ou tu auras de moy dons d'hoſpitalité
Tant en rare valeur qu'en grande quantité.

Genea-
logie
d'Enfle
ioue.

Enfleiouë ie ſuis, roy de mainte grenouille
Qui par le clair des eaux dans ceſt eſtang gargouille
Et me rendent honneur. Bourbas mon pere fut,

Πη-
λεύς.

Et de luy Reynedeau autresfois me conceut
S'amouraſchant de luy deſſus le beau riuage

Υδρο-
μέδ᷉-
ση.

Du fameux Eridan. Or ie voy ton corſage
En force & en beauté tous aultres ſurpaſſant,
Tu parois comme un roy ſon ſceptre haut dreſſant,

Gruge-
miettea
Enfle-
ioue.

Et ſeras touſiours pris pour auoir du courage.
Ainſi donc conte moy ta race & ton lignage.
Grugemiette a ces mots repond & dit ainſi

Ψιχ-
άρπαξ.

Pourquoy de mon lignage as tu tant de ſoucy,
L'amy? le fault il dire? il eſt tant manifeſte

Genea-
logie de
Gruge-
miette.

Tant aux hommes mortels qu'a la troupe celeſte.
Grugemiete eſt mon nom, (le braue & le vaillant,)
Fils du grand Croquepain courageux bataillant,

Τρω-
ξάρ-
της.

Lechemeule eſt ma mere: or fille (vnique) eſt elle
Du roy Maſcheiambon, ſi m'engendra la belle
Dans vn trou, me nourrit dans les lieux ſouterrains

Λειχο-
μύλη.

De figues, & de noix, & de tous autres grains.
Et comment pourrois tu faire vne amitié ſtable

Πτερ-
νοϠω-
χλος.

Auec moy qui ne ſuis d'vn naturel ſemblable?
Tu as accouſtumé de viure dans les eaux,

Diſſem-
blable

Moy ſur terre, ou ie vay manger les bons morceaux,

Rien n'echappe a mes dents : le pain blanc a merueille

Ie le vay grignoter dans la ronde corbeille,

La tartre, le gasteau, la tranche de iambon :

Les foyes, les geziers, tout me duit & m'est bon,

Le fromage plus gras de la plus fine creme

Le metier, les cornets, & le macaron mesme

Desiré des grands Dieux, bref, les plus friands mets

Que tous les cuisiniers inuenterent iamais

Ne me rechappent point, (a gogo ie m'en baille.)

Au demeurant, iamais le bruit de la bataille

Ne me peut faire peur, tousiours ie suis allé

De grand cœur aux combats, aux coups me suis meslé,

N'ay craint ne redouté quelque homme que peust estre,

N'y quelque fort qu'il fust : ie me suis fait parestre

Iusques a son cheuet le voyant sommeiller,

Ou ie luy mors les doits, & sans le reueiller

Ie le pren par le pié, & luy fay bonne guerre

Ie ne crain seulement que d'eux choses sur terre,

L'eperuier & le chat, qui me font mille ennuis,

Et la ratoire aussi dont aguetté ie suis,

Et dont ma mort depend si sur moy elle est close

Mais le malheureux chat ie crain sur toute chose

Qui me poursuit tousiours, dessus le trou m'attend,

M'y cerche de sa pate, & sa griffe y estend.

Pour le chou, le ressort, la coloquinte & bete

Ie n'en suis point friand, & la ie ne me iette,

Et l'absynthe non plus ne me contante pas,

A vous dans vos marais conuiennent ces repas.

   Enfleioué a ces mots dedans son discours r'entre :

Estranger tu fais bien vn grand cas de ton ventre

Aa iij

naturel, & contraire faço de viure d'vn rat & d'vne Grenouille

Vaillance de Grugemiette.

Trois ennemis da Grugemiette.

Enfleioué de rechefa Grugemiette.

Et de tes bons morceaux : & nous auons aussi
Dequoy nous delecter dedans ces eaux icy,
Et mesmes sur la terre : & la beneficence
Du benin Iupiter nous donne a suffisance
Dequoy nous resiouir, nous gambadons, saultons
Sur la terre & le pré, puis, nous nous reiettons
Et nous cachons dans l'eau sans nous faire paroistre
Que si tu as desir de le voir & cognoistre,
Rien n'est de plus aisé : câr ie te porteray
Brauement sur mon dos, (& l'eau te passeray,)
Tien toy bien seulement, affin que tu paruienne
En plaisir & seurté dedans la maison mienne.

Ce disant il s'aproche & luy donne le dos,
L'autre saute dessus & gaillard & dispos,
Et autour de son col ses deux petits bras iette.
Pour le commancement (dessus ceste eau si nette)
Il se resiouissoit pres du port mesmement
Regardant son porteur nager si galamment.
Mais quant tout a l'entour il se vit pris des ondes,
Prest d'estre submergé dans les vagues profondes,
Ce fut lors a ietter des pleurs hors de saison,
Ce fut a regretter, mais trop tard, sa maison,
A tirer ses cheueux : tant plus au large il entre
Il se serre les piez tout le long de son ventre,
Il palpite du cœur, & desire ardamment
De se reuoir sur terre : il tremble horriblement
Du froit qui le saisit, il demene la queuë,
La fait seruir de rame au prix qu'il la rameuë,
Et suplie les Dieux le vouloir exaucer,
Vouloir pour vn bon coup en terre le placer :

[marginal note:] Enfle-iouere-çoit Gruge-miete sur ses espau-les.

Mais il est suffoqué de l'onde au prix qu'il prie
En fin sa voix il hausse & tant qu'il peult s'ecrie
  Ce ne fut pas ainsi que le fardeau d'amour
Fut porté sur les eaux dans Crete (au beau seiour,)
Et iamais le toreau ne porta sur sa crope
D'vne telle façon son amoureuse Europe,
Comme cete grenouille au trauers de ces flots :
Me porte en sa maison monté dessur son dos,
Blesme & palle de peur. Il finit sa voix triste
Quant vn cruel serpent paroist a l'improuiste
Qui le col hault & droit s'en venoit droit a eux,
Spectable a l'vn & l'autre horrible & dangereux :
Ensleiouë le voit, & de crainte se plonge
Dans le profond du lac, sans que beaucoup il songe
Quel compagnon il perd, il quitte & met a mort,
Ainsi se garantit du mortifere sort :
L'autre demeure seul laissé sur l'onde perse,
N'estant plus soustenu il tumbe a la renuerse
Serre & esteint ses mains, & meurt en fremissant :
Or il tumbe, & se perd au fond du flot glissant,
Or il reuient dessus : il regimbe, il demene,
Mais il ne peut fuyr a la mort inhumaine :
Ses poils tous embuz d'eau extrememement pesoient
Et tant plus dans les flots enfondrer le faisoient,
En fin prest a perir dessus les ondes molles
Deuant que d'expirer il tint telles paroles.

  Tu n'echapperas point la vengeance des Dieux,
Puis que tu m'as ioué ce trait malicieux,
Desloyal Ensleiouë, & qui d'ame maligne
M'as ietté dans ceste eau de dessus ton eschine,

  A a iiij

propos
de Gru-
gemie-
te sur
les
ondes.

Gruge-
miete
aux ab-
bois.

Der-
niers
propos
de Gru-
gemie-
te.

Ainsi que d'vn rocher : perfide que tu es
Tu n'euſſes pas eſté plus fort ne plus mauuais
Sur la terre que moy, ie dy en toute ſorte
De courſe, de combat, & de luEte treſforte :
Mais i'ay eſté trahy : par toy ayant eſté
Dans cêſt abiſme creux perfidement ietté.
Dieu garde vn œil vengeur (que perſonne n'cuite,)

Tu payeras ma mort au puiſſant exercite
Des rats & des ſouriz. Le pauuret ainſi dit,
Puis ſuffoqué des eaux ſon eſprit il rendit.

Or fut il aperceu diſant ceſte parole
Du vaillant Lecheplat (car ſur la riue molle
Pour lors il repoſoit) qui hurlant triſtement
Courut a tous les rats l'annoncer vitement.

Ce qu'ayant entendu, leur ame en fut troublée,
Manderent aux herault d'appeller l'aſſemblée
Dès le fin poinEt du iour dedans le palais fort
Du vaillant Croquepain pere du pauure mort,
Du pauure Gragemiette, a qui ſur l'onde perſe
Flotoit piteuſement le corps a la renuerſe,
Et n'eſtoit ſur le bord le triſte & malheureux
Mais loing, dans le milieu du lac horrible & creux.

Quant ils furent venuz en diligence extreme
Auec le poinEt du iour, Croquepain palle & bleſme
De l'ennuy qu'il auoit pour ſon cher enfant mort.
Commencea ces propos ſe compleignant bien fort.

Bien qu'en particulier ce fait ſeul me regarde,
Si eſtce, mes amis, ſi on y prend bien garde
Qu'il touche en general a la ſocieté
Des rats & des ſouriz, a leur communauté.

(marginal notes left:)
Il meurt ſuffoqué dás l'eau.

Αὐχ᾽ πίταξ Il eſt aperceu de Lecheplat

Cro- que- pain pe- re du mort, a l'aſſem- blee des rats.

(marginal notes right:)
rcf c
Or le
'nj j
le ch
Hors
l'auc
Auſſ
Latra
Deſſo
Et tie
Quel a
Se vou
Sus de
Et ſon
Chaſ
Et d
A
De ſ
De ſ
Et l
La g
Des
Qu'
Pui
Far
Eſ
D'
To
Le
Qu

Bref que tout ce malheur des Grenouilles procede.
Or la misere en moy sur tous aultres excede,
J'ay perdu trois enfans. Nostre ennemy commun
Le chat traistre & cruel m'en a massacré l'vn,
Hors du trou l'atrapant de sa patte meurtriere :
L'autre apres a esté surpris en la ratiere,
Artifice maudit dont les hommes meschans
La traistre inuention dans l'enfer vont cerchans,
Des souris & des rats la ruyne cruelle.
Le tiers que i'esteuois d'vne amour paternelle,
Que sa mere aimoit tant, trahy, vendu moqué,
Se voit par Ensteiout en son lac suffoqué :
Sus donc, que tardons nous ? armons nous ie vous prie,
Et sortons animez sur ces gens en furie :
Chascun prenne sur soy ses armes vistement,
Et d'vn harnois complet s'orne diuersement.

   Ayant dit en ces mots, a tous il met en teste
De se ietter aux champs, & Mars les admoneste
De se porter vaillans : leur monstre le mestier
Et l'ordre de la guerre. Ils prennent en premier
La greue & la iambiere ingenieuse & belle
Des gousses de la febue, (inuention nouuelle,)
Qu'en grand' haste ils auoient rongée toute nuit :
Puis mettent sur leurs corps le corcelet bien duit
Fait de tuyaus de cane, & dont la couuerture
Estoit faite d'vn cuir de la peau forte & dure
D'vn vieux chat qu'ils auoient entr'eux cruellement
Tout en vie escorché. Puis portoient galamment
Le rondache en leur col, (rondache a double cercle,)
Qu'ils auoient inuenté du dessus du couuercle

D'une forte lanterne: & leurs labels ...
Aiguilles d'acier fin, armes qu'ils empruntoient
Des boutiques de Mars, mais ils couvroient leur teste
Des coquilles de noix & coques de noisettes.
Ainsi marchoient les rats en bataillon instruit.

Gre-
nouil-
les au
conseil
   Les grenouilles du lac en ayans eu le bruit
Sortirent hors des eaux, (& sauterent sur terre)
Pour tenir le conseil sur le faict de la guerre.
Comme elles consultoient sur ce tumulte affreux,
Et d'où pouvoit venir ce trouble dangereux,
Elle voyent venir un herault devers elles
Portant le sceptre en main, en bouche les nouvelles:
Sault'enpot fut son nom, audacieux enfant
Du fort creuse fromage entre rats triomphant,
Qui leur tint ces propos de brave contenance.

Sault'-
empot
herault
des rats
leur de-
nonce la
guerre.
   Grenouilles de marais, les rats pleins de vaillance,
M'envoyent devers vous de mort vous menacer,
Et la guerre a outrance a vous tous annoncer.
Ils ont veu Grugemiete estendu sur vos ondes,
Vostre roy Enfleioue en vos maisons profondes
L'a tué méchamment, partant aprestez vous
Si vous avez du cœur a la guerre & aux coups.

Les
Gre-
nouil-
les en
font
trou-
blées.
   Ce disant il s'en va. Ceste dure nouvelle
Infiniment troubla le cœur & la cervelle
De la superbe gent, & de la nation
Qui faisoit dans les eaux son habitation.
Et comme tous blasmoient Enfleioue en grandira
Il se leue debout, & puis se prit a dire:

Enfle-
ioue
s'excu-
   Amis, ce n'est point moy qui ay donné la mort
A ce rat malheureux, (on m'en accuse a tort.)

Moins l'ay-ie veu perir : plustost ie coniecture
Qu'au long de ce riuage en ioüant d'auanture
Et voulant essayer de nager comme nous
Il se sera noyé. Or iugez entre vous
Comme ce méchant rat encontre moy propose
Son accusation veu que ie n'en suis cause.
Mais si vous m'en croyez, deliberons comment
Nous mettrons tous ces rats a mort entierement,
Et ie vous en diray au vray ce qu'il m'en semble
Armons nous, tenons nous bien serrez tous ensemble
Sur ce riuage hault, d'ou l'on ne peut sauter
Pour l'extreme hauteur, sans se precipiter.
Quant ils viendront sur nous d'vne course soudaine,
Par la teste & l'armet chascun son homme prenne
Et le renuerse en l'eau rat & armes estout,
Moyen n'est plus certain pour en venir about.
Nous les suffoquerons & noy'rons a puissance
Eux qui n'ont de nager aucune experience,
Morts dedans nos estangs nous les renuerserons
Et de nostre victoire vn trophé dresserons.

  Ayant dit en ces mots, a ces gens il fait prendre
Les armes sur le dos : en premier vient étendre
Pour greues, dextrement sur les iambes de tous
Des maques en feuillars, (pour resister aux coups.)
Leurs cuirasses estoient bettes grandes & larges,
Feuilles de chous épais portoient au lieu de targes,
Pour leurs laces auoiẽt de beaux, grands, & droits iongs
Et pour leurs corcelets coques de limaçons :
En ce bel armement, en ce fort equipage
Elles se vont camper sur le hautain riuage,

se a l'assemblée de la mort de Grugemiete.

Les incite a la guerre

Armes des grenouilles.

Leurs piques en leurs mains branlantes fierement
Et d'vn cœur courageux s'enflants superbement.

Iupiter montre ses armees aux Dieux.
Iupiter les voyant de sa voulte ætheree,
A tous les Dieux monstroit la troupe coniuree
Des braues combatans : leur nombre merueilleux,
Combien grands, combien forts, & combien orgueilleux
Leurs armes & leurs dards : tels que les fiers Centaures
Marcherent autresfois, & les Geans encores :
Puis riant doucement, a part leur demandoit
Qui estoit pour les rats, & qui chef se rendoit

Iupiter a Pallas
Des grenouilles du lac ? entre eux tous il s'adresse
A Pallas, & luy dit : Fille de grand' prouesse
Dy moy, n'iras tu point a l'ayde & au secours
Des rats & des souriz, car ils sautent tousiours
Et trottent por ton Temple, a l'odeur des viandes
Et des frians morçeaux qu'on t'offre pour offrandes.

Pallas a Iupiter
        Auquel repond Pallas. ô pere Iupiter
N'aduienne que iamais au rats i'aille assister,

Elle se pleint des rats
Quant ils seroient cent fois & cent fois d'auantage
Des Grenouilles troublez : ils m'ont trop fait d'outrage
Ils m'ont rongé, gasté, mes ornemens plus beaux,
Mes lampes renuerse, mordillé mes flambeaux,
Gasté toute mon huile : & ce qui plus m'offence
Et me perse le cœur de depit quant i'y pense
Mon voile, mon beau voile helas, que i'auois faict,
Et de mes propres doits tissu d'vn art parfait,
Ils me l'ont percé tout, & de malice extresme
M'ont tout remply de trous & l'estaim & la tresme :
Et le maistre ouurier pour l'auoir racoutré
M'a voulu rançonner : dont i'ay le coeur outré

Pour ce qu'il m'a falu son racoutrage prendre
Par emprunt & credit, & ie ne le puis rendre
Ce n'est pas pour cela que ie veille non plus
Porter aucun secours ans manans des Palus,
Grenouilles qui n'ont rien de ferme ne de stable,
Sans respect ne raison, eniance variable.
Comme ie renenois de la guerre ces iours
Leur malheureux gosier cria, brailla tousiours,
Et iamais de dormir, il ne me fut possible
Bien que ie fusse lasse, ains de façon nuisible
Criaillans sans cesser, ne me permirent point
De fermer seulement les yeux en vn seul poinct,
Et ie demeuray la pour leur clameur infecte
Sans reposer, ayant fort grand douleur de teste,
Iusques au poinct du iour que i'entendy le cry
Et le chanter du coq. Mais cessons ie vous pry
Entre nous aultres Dieux de leur ayder asteure
Que quelqu'vn ny reçoiue ou playe ou meurtrisseure,
Car leurs dards sont pointüz, (bien émouluz de fraiz,)
Puis ils sont en colere & combatent de pres,
Et ne respecteroient au fort de la rencontre
Quelque Dieu que ce fust qui leur viendroit encontre:
Trop bien regardons les du Ciel se batre en bas,
Et prenons du plaisir a voir ces beaux combats.
　Aux propos qu'elle tint les Dieux condescendirent,
Et tous en mesme lieu pour les voir se rendirent.
　Apres, les deux heraulx s'aprocherent des camps,
Et pour signal de guerre alloient les prouoquants,
Les legers moucherons sonnoient de leurs trompetes
Tant du costé des rats que des raines infectes.

Se pleint aussi des Grenouilles.

Donne aduis aux Dieux de ne se mesler point de ceste guerre.

Les armées marchent l'vne contre l'autre.

Iupiter
tône du
du Ciel.

Ύ ψι-
βοας.

L'a ba-
taille
cômâ-
ce fu-
rieuse-
mêt.

Λευχ-
ω'οp.

Tpoγ-
λοδ υ'-
της.

Πηλεί-
ων.

Σευτ-
λαιος.

A'pτο-
Φάγος.

Πολύ-
αωνος.

Αιμινό-
χαεις.

Κεαμ-
βοΦά-
γος.

Animans au combat : Et du Ciel Iupiter
Pour laguerre s'ouït tonner & tempeſter.
Braillehault le premier deuant les rangs s'auancé
Et bleſſe Lechequeuë auec ſa forte lance
Au foye dans le ventre, a ce coup merueilleus
Il chet le nez en terre, & ſes tendres cheueus
Il ſouille dans la poudre : Hantetrou a ſa ſuite
Deſſus le fort Fangeas ſon Iauelot incite
Et dedans l'eſtomac l'atteint mortellement.
Ainſi qu'il trebuchoit, la mort ſoudainement
Vint ſes membres ſaiſir, (luy oſta la parole,)
Et ſon ame en fuyant hors de ſon corps s'enuolé
Poreton a l'inſtant de ſon dard attrapa
Sault'empot dans le ceur, & a mort le frappa :
Et le fort Maſchepain au combat cruel entre
Et bleſſe Caquetard au beau milieu du ventre,
Qui tumbe ſur le nez, & l'ame le laiſſa.
De ce fait Gargouilleau grandement s'offencea
Et frapa Hantetrou du peſant d'vne pierre
D'vne piece de meule, (& le ietta par terre,
Par le milieu du col le frapa furieus,
Et la morte le nuit luy vint poiſſer leus yeus.
Lechequeuë le vit, & de ſa lance haulte
Le bleſſa par le foye & ny fit point de faulte :
Ce voyant Mange chous de la grande frayeur
Se lançoit dedans l'eau tant le coup luy fit peur,
Mais il n'euita pas (pour fuir) la mort bleſme,
Car l'autre le ſuiuit, & contre l'eſtang meſme
A la mort le bleſſa : Il chet pres de l'eſtang,
Le flot deuint tout rouge & coloré de ſang,

Et luy gist étendu sur l'herbe toute epesse
Poussant encor des filancs tous blanchissans de graisse.
Aymelac suruenant sur la riue fouilla
Creusefromage mort, d'armes le depouilla :
Cruse jambon apres en sang sa lance teinte
Mit Pouliot en fuite, & de mort ele crainte
Le forcea de sautter dedans l'estang fangeus
Apres auoir perdu son bouclier ombrageus.
Patouilleau mit a mort Ronge jambon (le sage)
Le frapant d'vn caillou droit dedans le passage
Ou tumbent les morceaus, le cerueau luy couloit
Au trauers des nareaus, du sang qui distiloit
La terre étoit souillee. En ce te grand' deffaite
Lecheplat frappa droit Couchemboue a la teste
D'vn coup de Iauelot qu'il lançea furieus,
Dont le brouillas mortel luy offusqua les yeus.
Mange porreaus le vit, & d'ire & de vergogne
Sur Sentirest se iette & par le pié l'empogne,
Dans le lac le suffoque, en luy mettant la main
Sur la teste & le col, d'vn courroux inhumain.
La Grugemiete arriue, & fait aspre vengeance
De ses compagnons morts, sur Desmarais s'auence,
Par le ventre l'atteint d'vn mortifere fer :
Il chet mort deuant luy, & son ame en enfer
S'enuole grommelant : Hantemare reuange
Sur le champ cette mort, prend plein son poing de fange
La iette contre luy, le frappe droit au front
Et l'aueugle à peupres. L'autre de cet afront
Iustement indigné se baisse contre terre
Et de sa forte main empogne vne grand pierre

Λυμ-
νάσιος.

Πτερ-
νογλυ-
φος.

Καλα-
μίνθιος.

Ὑδρό-
χαρις.

Πτερ-
νοφά-
γος.

Βορβο-
ροκοί-
της.

Πρασ-
σοφά-
γος.

Κνισο-
διώ-
κτης.

Ψι-
χάρ-
παξ.

Πηλυ-
σιος.

Πηλο-
βάτης.

Poix maßif & pesant, duquel il attrapa
Hantemare le fort, au genouil le frapa,
Le coup faict tous les os de la cuiße dißouldre,
Et l'autre sur le nez tumbe dedans la poudre.

Κεαυ-
χαυϊ-
δης.
Braill'emboüe le guette, & le vange a l'instant,
Et son grand coup luy va dans le ventre portant,
Du iong la pointe aguë ayſement dedans entre,
Et les boyaux a bas luy tumbent hors du ventre

Σιτο-
φάγος
Au tirer de la lance : vn coup si dangereux
Par Croqueuiande veu le rendit tout peureux :
Il estoit sur le hault du limouneus riuage,
En boitaßant il fuit ce dangereus orage,
Peu a peu se retire en se doulant bien fort,

Τρω-
ξάρτης
Et saulte dans l'estang se sauuant de la mort.
Croquepain cependant Ensleione demande,
Le bleße au hault du pié, dont sentant douleur grande
Se iette dans le lac, Croquepain qui le vit
Demy-viuant encore en haste le suiuit :

Πρα-
ξαιος.
Desirant l'acheuer : mais Duporreau s'auance
Qui se met au deuant, de viteße s'elance,
Paße les premiers rangs, & iette son iong fort
Sur celuy qui suiuoit ce pauure demy-mort :
Le iong quoy que poußé d'vne force non lasche
Ne perse toutesfois la force du rondache,

Happe-
lopin
grand
guer-
rier, &
prince
excellēt
entre
les rats.
Mais seulement s'y pique, & le fer pendillant
Alloit contre l'escu en replis brandillant.
    Là fut vn iouuenceau de prestance agreable
D'adreße nompareille, & de force admirable
Entre les fils des rats, qui sur la nation
Auoit commandement, sans reprehension,

                                    Enfant

Enfant de Guettepain le formidable Prince,
C'eſtoit Happelopin l'honneur de la proüince,
L'accomparable a Mars, qui de pres combatoit,
Et de force & valeur tous les rats ſurmontoit.
Cetuy la s'apparut tout ſeul ſur le riuage
Des autres ſeparé, diſoit qu'il feroit rage,
Qu'il extermineroit ſans nulle excepiton
Des Grenouilles des eaux l'infecte nation,
Et ſans faillir l'euſt fait, tant ſa force eſtoit grande,
Sans le pere des Dieux qui ſur le Ciel commande
Qui ſa menace ouyt, & voulut ſecourir,
L'engeance des marais qui s'en alloit perir:
Car il en prit pitié: adonc de grand' puiſſance
Il ebranle ſa teſte & ces propos commance.

Dieux de l'Olympe hault, ie regarde la bas
Vn merueilleux effort que preparent les rats:
Ce fort Happelopin grandement m'eſpouuanté,
Ie le voy pres du lac, qui ſe braue & ſe vante
De ruiner du tout & mettre entierement
Les grenouilles a mort: ſecourons vitement
La pitoyable gent, enuoyons y Minerue
Et Mars l'impetueux qui les garde & conſerue.
Ils pourront reſiſter a ſon cruel effort
Et le ſurmonteront encor qu'il ſoit tresfort,

Ainſi dit Iupiter (qui le tonnerre eſlance,)
Auquel Mars reſpondit, il n'eſt en la puiſſance
De Pallas ny de Mars de pouuoir repouſſer
Des grenouilles la mort qui les va menacer,
Mais allons y nous tous, & deſcendons en terre
Pour leur donner ſecours, ou darde ton tonnerre

B b

Ἀρπι-
τι Cor-
λος.
Μεει-
δαρ-
παξ.

Iupiter
enuoye
du ſe-
cours
aux
Gre-
nouil-
les qui
s'en al-
loient
deffai-
ctes.
Iupiter
aux
Dieux
ſur la
crainte
qu'il a
de Hap
pelopin
Delibe
re d'y
enuoy-
er. Mi-
nerue &
Mars.
Mars a
Iupiter

Qu'chassa les Titans, & que tu desployas
Contre les fiers Geans, alors que tu tuas
Encelade le fort, & ...

Iupiter
tonne
& fou-
droye
pour
intimi-
der les
rats.

La reuolte & l'orgueil de la gent byzantine,
Il dit, & Iupiter son foudre dement,
Pour le commandement sourdement il tonne,
Puis emeut tout le Ciel, en fin d'un bras terrible
Il tournoya le trait de son tonnerre horrible,
Qui vola de la main du Roy hault dominant
Et grenouilles & rats alla fort estonnant.

L'ar-
mée
des rats
ne s'en
espou-
uante
point,
ains se
toarne
a la
charge.

L'exercite des rats pour cela ne s'arreste,
Mais de fort en plus fort a ruiner s'apreste
Ses bourbeus ennemis, & d'un cruel assault
Reux les attaquer. Mais de l'Olympe haut
Iupiter eut pitie de ceste pauure engeance,
Et tost leur enuoya secours & deliurance.

Iupiter
ayant
pitie
des
Gre-
noult
les en-
uoye
les E-
creuif-
ses a
leur se-
cours.

Voicy a l'improuiste arriuer une gent
Aux ongles recourbez, dessus le dos ayant
Une espece d'enclume, aux pas lents & obliques,
(Portans deuant le nez une forme de piques,)
Des forces dans la bouche, ecaillée en durté,
D'un naturel osseux, de grand tardiueté,
Torue, au large dos, l'espaule claire & rouge,
Au pié trape-courbé, & qui semble ne bouge,
Le col roide des nerfs, de l'estomac voyant,
A deux fois quatre piez, & deux testes ayant,
Qu'on ne peut prendre aux mains ny manier, qu'en somme
Pour les faire cognoistre escreuisses on nomme.

Exploit
des E-
creuif-
ses con-
tre les
rats.

      Cette maligne gent s'auançant pas a pas,
De ses dents tronçonoit les pieds, les mains des rats.

Et les queuës auec : leurs lances en deuiennent
Courbes, ils perdent coeur & plus ne les souſtiennent
Ils ſe mettent en fuite, & laiſſent le combat.
    Le ſoleil a l'inſtant ſe couche. & ſe rabbat
Dans les eaux d'Ocean : ainſi fut terminée
La guerre dangereuſe en moins d'vne iournée.

Le Soleil ſe couche quimet fin a la guerre.

Fin de la Batrachomyomachie.

Bb ij

LES
HYMNES
D'HOMERE.

*De la version de SALOMON CERTON, Conseil-
ler, Notaire, & Secretaire du Roy, maison
& Couronne de France.*

HYMNE SVR APOLLON.

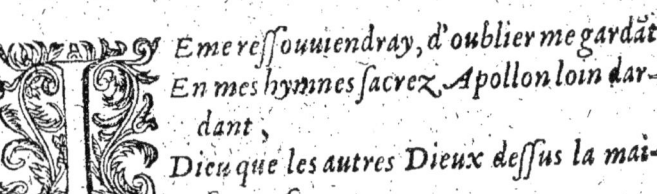

*E me reſſouuiendray, d'oublier me gardãt
En mes hymnes ſacrez Apollon loin dardant,
Dieu que les autres Dieux deſſus la maiſon meſme*

*Du treshault Iupiter craignant de crainte extreſme,
Se leuent deuant luy quant il aproche d'eux,
Et bande de ſon arc le croiſſant dangereux.
La haut chez Iupiter qui au foudre commande
Latone eſt demeurant, qui la corde debande,
R'enferme le carquois, & de ſa main l'arc prend
Luy oſte de ſon dos, a vn clou d'or le pend,
Et faict aſſoir ſon fils le menant en ſa place:
Auquel le pere donne vne grand' plene taſſe*

Les
Dieux
font
hóneur
a Apol-
lon.

De Nectar sauoureux, monstrant son noble enfant
(A tous les autres Dieux si braue & triumphant,)
Qui s'asseent aussi, dont l'irreprehensible
Latone en son cœur prend vne ioye indicible,
Et fait gloire d'auoir vn enfant enfanté
Si fort, si iuste archer, (si parfait en beauté.)

Ie te salue heureuse en beaux enfans Latone
Dont le ventre fecond vne race nous donne
Belle en perfection : Apollon d'vn costé
Et de l'autre Diane au bel arc argenté :
Elle dans Ortygie, & luy en l'aspre Dele
Sortirent de tes flancs, pres d'vne palme belle,
Sous le mont Cynthius a l'eminent coupeau
Le long des bords d'Inope au cours plaisant & beau

Mais comme paruiendray-ie ô Phœbus roy insigne
A te dire louange assez forte assez digne
De tes rares honneurs, ou tray-ie cerchant
Pour tes perfections vn meritoire chant ?
La noble inuention des chansons t'est donnée,
Soit quant ta deité s'egayoit promenée
Dessus la terre ferme, ou le bestail diuers
S'esleue & se nourrit, soit es isles des mers,
Ses rochers plus hautains, les plus humbles collines,
Les fleuues se roulans dans les ondes marines,
Les riuages fleuriz, & les ports de la mer
Venoient a ton dous chant leurs gorges animer.
Des le commancement que ta mere feconde
Latone, t'enfanta la liesse du monde,
S'enclinant de trauail dans l'inculte delos
Sous Cynthius le mont, les ondes, & les flots

Latone heureusée en ses enfans

Apollõ & Diane.

Apollõ inuenteur de la Musique.

Apollon né en Delos.

S'emmonceloient autour de la Nymphe admirable,
Sur la terre poussez d'vn vent tresfauorable.
Dans ceste isle tu eus ces commancemens tels
Roy qui vas commandant dessus tous les mortels,
Tant que Crete en contient : que le peuple d'Athene,
Et qu'Ægine, & qu'Eubée inclite & antienne,
Qu'Æga, qu'Eresia, & que Peparethos,
Que les monts Peliens, le Thracien Athos,
Samos la Thracienne, & qu'Ida l'ombrageuse
Et Phocée, & Scyros, & que l'auantageuse
Æutocane en haults monts, qu'Imbre bien habité
Et que Lemnos sans ports, que Lesbos en beauté
Par tout recommandée & demeure gentille
D'Æolion l'heureux, que Chio tresfertile
Sur les isles de mer, que Mimas le pierreus,
Le Coryce hautain, & que le mont ombreux
D'Aisagée, Sonnos ou maint ruisseau deuale,
Tant qu'en contient Milet, que l'esleué Mycale,
Que Coos la cité des hommes, que Cuidos,

Latone
cerche
ou elle
pourra
accou-
cher
Que le venteux Carpathe & Naxos & Paros,
Et qu'en fin Rhenea la pierreuse reuere.
    Grosse d'vn enfant tel vint Latone ta mere
Cerchant & s'enquerant qui feroit le deuoir
De loger son enfant, & de la receuoir.

Tous
crai-
gnent
de la re-
ceuoir.
Toutes ces places la trembloient de crainte grande,
Et nulle n'eut le coeur ouuert a sa demande
Pour receuoir Phoebus en ceste extremité,
Combien que leur terroir eust grand fertilité :

Elle
aborde
en De-
los.
Iusqu'a ce qu'elle vint aborder dedans Dele
Et de ces dous propos la prie & l'interpelle,

Dele, voudrois tu point estre le doux seiour
De mon fils Apollon, ma ioye & mon amour,   Latone
a Delos
Et luy bastir sur toy quelque riche edifice
Pour luy seruir de Temple a faire son seruice.
Nul ne te touchera, nul ne te suplira,
Et ton terroir, ie croy, iamais ne se plira
Sous le pesant fardeau ne des vaches muglantes,
Ne des beufs encornez, ne des brebis beslantes,
Plantureuse en vandange onques tu ne seras,
Et grande quantité d'arbres ne porteras :
Mais si tu as chez toy de Phœbus le saint Temple,
Mainte belle hecatumbe & magnifique & ample,
Tous les hommes mortels icy t'apporteront,
Et pour le suplier sur toy s'assembleront :
D'vne souéfue odeur, d'vne douce fumée
Tu seras a iamais saintement embaumée,
Si tu nourris long temps vn Roy si glorieux
Tu en auras honneur de tous les autres Dieux
Qui te reuangeront de la main estrangere :
Autrement, ta terre est infertile & legere.
        Dele prit grand plaisir au propos que luy dit   Delos a
Latone
La Deesse Latone, & puis luy respondit.
Fille du grand Saturne honorable Latone
Ie receurois ton fils de volonté fort bonne,
A cause que ie suis aux hommes en horreur,
Si que par ce moyen i'entrerois en honneur :
Mais ie crain vne chose, & ne feray nul doute
De te la declarer, car par la terre toute
On chante qu'il doit naistre vn certain Apollon
Qui sera d'vn maintien & reuesche & felon,

Qui pouuoir obtiendra sur la troupe immortelle,
Et sur le gras terroir de la race mortelle.
Pour ce subiet ie crain que des qu'il paroistra
Sur la terre en naissant, & me recognoistra
D'vn terroir si ingrat, si hasse & si sterile
Il ne vienne en colere a mespriser mon isle,
De ses pieds ne m'enfondre au profond de la mer,
Et ne me face en fin sous les eaux abismer :
Puis aille a son plaisir autre demeure eslire
Plus plaisante que moy, & s'y face construire
Vn temple a son honneur, & pour se delecter
Quelque bois ombrageux ne s'y face planter :
Et ne seruiray plus que d'infame retraite
Au vilains veaux marins a la senteur infecte.
Et les seches sur moy leurs logis marqueront
Horreur a tous passans qui me mespriseront.

Delos veut as-
train-
dre La-
tone
par ser-
ment.

Mais si tu me voulois par iurement promettre,
ô Deesse d'honneur, que tu me feras mettre
Vn beau temple ceans, ou les hommes viendront
L'oracle consulter, & auquel conuiendront
Toutes les nations de la terre habitable,
(Tu ferois a mon coeur chose tresdesirable.)

Latone
iure.

Elle dit, & Latone auec vn coeur ioyeux
Luy repond en iurant le grand serment des Dieux :
Sçache premierement la terre ou ie chemine,
Et le large & hault Ciel, (demeurance diuine,)
Et le Styx de la bas, qui est le iurement
Que les Dieux bienheureux ne font onc vainement,
Qu'icy se dressera l'autel treshonorable
Et le temple a Phoebus, ou l'odeur desirable

Fumante à tout iamais sans cesse montera,
Et ou sa deité tousiours t'honorera.

Apres qu'elle eut iuré, Dele d'ayse fut pleine
De ce que le Roy Phoebe à la fleche lointaine
Deuoit prendre bien tost naissance en ses quartiers.
Et Latone aussi tost durant neuf iours entiers
Et tout autant de nuits ressentit la detresse
Des douleurs de la couche : & la mainte Deesse
D'honneur & d'apparence en presence assistoit
A son enfantement, & la reconfortoit :
L'ancienne Rhea mesme y vint en personne,
Aussi fit Amphitrite, & Themis & Dione,
Et force autres encor' Iuno tant seulement
Ne se voulut trouuer a c'est accouchement.
Mais elle demeura sur la voulte diuine
Ou elle retenoit l'ayde-douleur Lucine
Qui n'en auoit rien sceu : & Iunon le faisoit
D'enuie & de regret que Latone deuoit
A coucher d'un enfant de si grande excellence.
Ces Deesses adonc en toute diligence
Enuoyerent Iris dessus le Ciel luysant
A Lucine promettre un pretieux present
A scauoir un colier de riche orfeurerie
De neuf piez de longueur : qu'a part elle la prie
De les venir trouuer, de peur que le scachant
Iunon par dons plus grands ne l'allast empeschant.

Ces propos entenduz Iris fait diligente,
Par le milieu de l'air volant elle auance,
Et paruenuë au Ciel appelle vistement
A la porte Lucine, & luy dit briefuement

Delos ayse dequoy Apollô doit naistre sur elle.

Latone en trauail d'enfir est secourue & assistee des Deesles.

Iunon ne s'y veult trouuer.

Les Deesses enuoyent Iris pour faire venir Lucine.

La charge qu'elle auoit de la troupe honorable
Des Deesses viuant' sur l'Olympe admirable :
Elle la persuade, & Lucine aussi tost
Auec la belle Iris, quitte l'Olympe hault :
Elles volent en l'air comme deux colombelles,
Et viennent en Delos deuers les immortelles.

Lucine
arriue
& Lato
ne ac-
couche

    Alors au mesme instant que Lucine aprocha
Latone de l'enfant aysement acoucha,
Ietta ses bras autour de la palme honorée
Et posa ses genoux sur l'email de la prée :
La terre sous ses pieds de ioye tressaillit,
Et l'enfant en lumiere incontinent saillit :
Les Deesses soudain le voyans s'ecrierent,
Et dans l'eau belle & nette ô Phœbus te lauerent
Chastement, purement, t'enuelopans apres
Dans vn linge bien blanc, delié, fait expres,
Et puis t'emmaillotans d'vne bande tresbelle
En bróderie d'or. Tu ne pris la mammelle
De ta mere, Apollon, mais ta bouche sucça
Le Nectar doucereux que Themis te versa
De ses diuines mains, meslé de l'Ambrosie
Dont reçoiuent les Dieux leur immortelle vie,
Et ta mere en son cœur se resiouissoit fort
D'auoir fait vn archer si puissant & si fort.

    Or apres que tu eus receu ta nourriture
De Nectar l'immortel & d'ambrosie pure,
Les bandes, les liens dont on t'auoit serré
Ne te retindrent plus en ton maillot doré,
Mais tu t'en depestras (d'absolue puissance)
Et parlas en ces mots a toute l'assistance.

Que i'aye deſormais le luth pour mon plaiſir,
Et les fleches & l'arc ma main vienne ſaiſir :
Au reſte, ie ſeray Prophete veritable
Aux hommes, des ſecrets du grand Dieu redoutable.
Ainſi diſoit le Dieu aux cheueux longs eſpars
Phœbus iettant au loin le doré de ſes dars :
Et puis ſe demarchant ſur les herbes floriés
Les Deeſſes rendoit de ſa grace rauies,
Sous les pas, ſous les piez d'vn Dieu ſi triumphant
Delos ſe couuroit d'or, & regardoit l'enfant
Que le grand Iupiter auoit eu de Latone,
Ayſe qu'vne Deeſſe & ſi grande & ſi bonne
Auoit choiſi ſa terre, & fait eſlection
D'elle, pour y auoir ſon habitation,
L'aimant, la cheriſſant plus que toutes les iſles,
Et du grand continant les terroirs plus fertiles.
Adonc elle florit plus que les hauts ſommets
Des haults monts verdiſſans ne florirent iamais.
Il eſt vray, grand archer, que ta maieſté ſainte
Quelquesfois ſe promene en la pierreuſe Cynthe,
D'autresfois tu vas voir, ô Dieu a l'arc d'argent,
Mainte iſlé maritime, & mainte & mainte gent,
Tu as Temples par tout, & par tout on te dreſſe,
On te plante des bois a la verdure eſpeſſe,
Tous les bouts des hauts monts, ô magnifique Roy
Et les fleuues des murs & les eaux ſont a toy,
Mais principallement la demeure de Dele,
Deſſus toutes te plaiſt, deſſus toutes t'eſt belle,
Dele, ou les Iaons a l'ample veſtement,
Leurs femmes, leurs enfants, qu'ils aiment cherement

Façons
de faire
des Iao
ns.

S'assemblent pour ouurir les forts ieux de l'escrime,
Les danses, & le bal, les chants, les vers, la rime,
Faisants a ton honneur, ta memoire & ton nom
Ceste belle assemblée & ces ieux de renom :
Si bien que qui verroit cette troupe folastre
D'Iaons deuant toy s'egayer & s'ebatre
Il les tiendroit pour Dieux & de vieillesse exempts,
Tant ils ont bonne grace & tant ils sont plaisans
Et naiz a resiouir, & tant sont agreables
Hômes, fêmes, leurs naufz, & leurs biens innôbrables.

Mon vers encore icy chose estrange dira,
Dont l'honneur, la louange onques ne perira.

Les
vierges
Delia-
des.

Des filles de respect Deliades pucelles
Prestresses d'Apollon le Roy des fleches belles,
Qui sur leurs vers ayans chanté premierement
Les honneurs de Phoebus, & puis consequemment
Latone aux cheueux blonds, & sa fille pudique
Diane a l'arc d'argent, seur d'Appollon vnique
Celebrent les Heros qui furent reuestuz
De louange & d'honneur, les Dames de vertuz
Et femmes de renom, dont la louange excelle :
Si bien que leur doux air tout le monde ensorcelle,
Et sçauent imiter de toutes nations
Si bien que les chants, les vois, & les saltations,
Que chacun iureroit qu'elles sont a sa mode,
Tant bien leur contenance a chacun s'accommode.

Latone, toy son fils Appollon aux traits d'or
Et toy Diane aussi, ie vous salue encor :
Ayez moy ie vous pry' en vostre souuenance
Alors qu'abordera sur vostre demeurance

Quelque pauure paſſant qui fatigue ſera
Et entre autres propos vous interrogera,
Diſant, qui auez vous icy de meilleur poete,
Et en qui prenez vous de ioye plus parfaicte?
Vous reſpondrez ainſi pour nous a ce propos :
Vn aueugle habitant en la rude Chios,
Dont les douces chanſons de nous authoriſees
Les aages a venir ſeront beaucoup priſees.
Pour nous, on nous verra nos louanges porter
Par toutes les Citez, autant que frequenter
Nous pourrons ſur le rond de la terre habitable,
Et puis on le croira comme eſtant veritable.
  Mais ie ne feray fin de chanter cependant
Le beau fils de Latone Appollon loin dardant.
ô Roy, tu vas regnant ſur mainte iſle d'eſtime :
Lycie, Mæonie, & Milet maritime
Sont bien tes beaus ſeiours, mais principallement
En Dele tu reçois ioye & contantement.
  Or le fils de Latone encore veut eslire
La pierreuſe Pytho pour chanter ſur ſa lyre
Brauement reuétu des ſes veſtemens beaus
Et de ſes immortels & doux-fleurans manteaus,
Ou pouſſant l'archet d'or ſur ſa lyre agreable
Il en fait naiſtre en vn ſon ſur tous ſons amyable
Delà quant ſon humeur prend le Dieu gratieux
Il ſe guinde au Palais de Iupiter aux Cieux,
Où les Dieux a l'enuy l'accueillent, le reçoiuent,
Et les ſucrez accords de ſa guiterne boiuent.
Les Muſes pres de luy accourent a la fois
Répondent aux accens de ſa diuine vois,

Louange pour Homere.

Apollo montant aux Cieux comme reçoû des Dieux.

Chant des Muses de la felicité des Dieux, & de la misere des hõmes.

Et chantent des grands Dieux la largeſſe immortele,
Et les maux & trauaux de la race moriele,
Diſent combien d'ennuis ils ont des Dieux hautains,
Comme ils viuent troublez de leurs penſemens vains,
Preſque deſeſperez de n'auoir nul remede
Pour chaſſer la vieilleſſe, & de ne trouuer ayde
A combatre la mort qui leur liure l'aſſault.

Les graces danſent autour de luy.

Au reſte, autour de luy les graces font le ſault
Et danſent a l'enuy ſur les hautes demeures,
Hermione & Hebé & les prudentes heures,
Et la belle Venus la fille a Iupiter
Les tenant par la main ne ceſſe d'y ſaulter:
Nulle ſalle, orde & laide en ce bal n'eſt receuë:
Et ſi l'on n'y voit point de laſche ny recreuë:
Trop bien y apparoiſt en graue Majeſté,
La grand' Diane archere excellente en beauté
Nourrie auec Phœbus: Mars le fort auec elle,
Et le meurtrier d'Argus garde d'Io la belle
Danſant a qui mieux mieux: & Phœbus va pouſſant
Son lut qui rend vn ſon les ames rauiſſant.
L'eclat de ſes beaux piez & la ſplendeur illuſtre
De ſes clairs veſtemens luy donnent vn beau luſtre

Icy eſt ſniniela verſion de mõſieur Morel, an. 1613. & non la commune.

Latone aux cheueux d'or, & le grand Iupiter
Ne peuuent en leur cœur aſſez ſe delecter
Voyans leur cher enfant en ſi gratieux geſtes
Iouër & s'eſiouïr auec les Dieux celeſtes.

Comment pourray-ie donc tes louanges chanter
Veu que tu es du tout a priſer & vanter?
Metray-ie ta louange entre les epouſées,
Et parmy les amours (aux flammes embraſées,)

Comment ton cœur fut triste alors que tu partis
Pour t'en aller brusler la fillette Azantis
Ensemble auec Ischye aux Dieux presque semblable
Le fils d'Elation cheualier estimable?
Ou bien auec Phorbas race de Triopus?
Ou auec Erenthé, ou auec Leucippus.
Ou bien auec la femme a ce Leucippus mesme,
L'vn pieton, caualier l'autre (& de force extresme,)
Triope mesmement ne s'en trouuant pas loing?

    Ou bien, grand Appollon, lors que tu pris le soing
De cercher en premier l'oracle pour les hommes,
Venant du Ciel ça bas en la terre ou nous sommes?
Ton premier chemin fut en Pierie ouuert,
Puis tu vins en Lectos de sablons tout couuert,
Delà en Magneide, & puis en Perrhebee,
Passant Iolque viste, & montas en Eubæe
Sur Cenée le mont, apres tu t'arrestas
Sur le champ de Lelen, & ne te plaisant pas
D'y construire ton Temple, (& d'y tailler tes marbres,)
Ny pour vn bois sacré y faire planter arbres,
L'Euripe tu passas, & montas vistement
Le hault mont sacrossaint vert agreablement,
Puis en continuant tu vins en Mycalesse,
Et dessus les pastiz de l'herbeuse Tecmesse,
De là sur le terroir de Thebe, enuironné
De bois, ou nul encor' ne s'estoit adonné
D'e vouloir habiter, là ne paroissoit trace
De chemin ny sentier, & la terre si grasse
Et si propre a changer en fertiles guerets
Pour porter du froment, n'estoit rien que forests,

Pinda-
re Ode
3. des
Pythies.
Syrops
& An-
tiste. 2.

Le che-
min
quetint
Apollō
venant
en terre
pour
planter
son O-
racle.

A peine tu t'oſtas de ce hallier moleſte,
Loin tirant Apollon, & paruins en Oncheſte
Bois ſacré a Neptune, ou le poulain de prix
Que l'on donte, reſpire & reprend ſes eſprits
Quelque chargé qu'il ſoit, le chariot il traine,
Et tout braue & galand qu'eſt celuy qui le mene
Deſcend, chemine a pié, les cheuaux ſoulagez
Lors ne ſe voyans plus de leur maiſtre chargez,
Trainent leur chariot auec plus d'alaigreſſe.
S'ils les menent apres en la foreſt eſpeſſe
Ils les traittent fort bien, & delaiſſent leur char
Quant ils l'ont detourné, puis ſuplient a part
Neptune le grand Roy, tandis la ſauuegarde
Et le ſoing du Dieu bon prend leur char en ſa garde,
De là tu te partis, ô Dieu aus cheueus beaus,
Et trouuas le C'ephiſſe aux belles claires eaus
Qui tire le plaiſant de ſon cours de Eilæe,
Lequel tu trauerſas & vins en Ocalée,

Il arriue en Delphuſe.　D'Ocalee en Amarte, & puis finalement
En Delphuſe, ou ton cœur ſe plut extrememēt,
Voyant la region exempte de malice.
Là te plut d'y dreſſer le deuot edifice
D'vn Temple a toy ſacré : donques tu t'arreſtas
Et de propos humains ainſi tu l'acoſtas.

Apollo a Delphuſe.　Delphuſe, mon enuie & fantaſie eſt telle
D'auoir icy vn temple a ma gloire immortelle,
Ou les hommes cercher mes oracles viendront,
M'y feront ſacrifice & leurs veux m'y rendront,
Ceux du Peloponeſe aux champs gras & fertiles,
Et tous ceux de l'Europe, & tous ceux là des isles,
　　　　　　　　　　　　　　　Viendront

Viendront pour recercher mon oracle en ce lieu,
Et ie leur ouuriray tout le secret de Dieu.

Comme Phœbus eut dit, a poser il commance
Les fondemens du Temple & desia les aduance
En leur continuant leur grandeur & largeur.

Quant Delphuse le vit, fort faschée en son cœur
Luy respondit ainsi. Dieu dont l'arc de loin tire
Escoute ie te pry ce que ie te veux dire :
Ton vouloir est dis tu, de dresser en ce lieu
Vn Temple pour ouurir les oracles de Dieu
Aux hommes qui viendront t'y faire sacrifice,
T'y offrir des presens, & t'y rendre seruice :
Mais represente toy ce dont ie voudrois bien
T'aduertir parauant. Considere combien
Le tumulte & le bruit des cheuaus tirepenes,
Et des cheuaux venans pour boire a mes fontaines
Te seront importuns, & que ceux qui viendront
Regarder dans ton temple, a tout propos voudront
Voir les chars bien dorez les dons & les largesses
Qu'on aura mis dedans, bref toutes ces richesses.
Mais si tu me veux croire, (encores qu'ô grand Roy
Tu sois plus fort plus sage & plus puissant que moy)
Tu t'en iras bastir en Crisse sous Parnasse
Ou n'y a n'y pour chars ny pour cheuaux espace,
Et là tu ne seras importuné du bruit
Des cheuaux que sans cesse on promene, on conduit :
Là les Iopæans auront soin de te rendre
Les dons & les presens qu'il te plaira de prendre.
Des hommes plus deuots, & principalement
De ceux des enuirons t'aymans reueremment.

C c

De semblable propos que respondoit Delphuse,
Le cœur persuadé du loin dardant amuse,
Affin que tout l'honneur du temple luy reuint,
Et non pas a Phœbus: qui la laissant s'en vint

Apollo credule

A l'infecte cité des hommes de Phlegie.

phlegiens impies

Hommes tachez de mal & de contumelie,
Qui ne se souciants beaucoup de Iupiter
Et n'ayants, soing des Dieux, ne laissoient d'habiter
Dans la belle largeur d'vne cauerne assise
Aux plaisans enuirons du beau lac de Cephise,
Ces hommes delaissez tu vins incontinent,
ô loin-titant Archer, sur le mont eminent
Du Parnasse negeus, & abordas au Crisse

Apollo arriue en Parnasse.

En l'endroit d'ou Zephir doucement soufle & glisse.
Vn grand rocher se voit au dessus suspendu,
Vn cauon au dessous s'largit estendu,
Endroit ou lors Phœbus designant de construire
Son temple sacrossaint, se prit ainsi a dire.

    L'affection me prend & me vient fort agré
Que l'edifice beau de mon temple sacré
Se construise en ce lieu, ou, comme par miracle,
Les hommes accourront pour recercher l'oracle:
D'infinite d'endroits les hommes y viendront,
My feront sacrifice, & leurs veux m'y rendront:
Ceux du Peloponese aux champs gras & fertiles,

Le temped A- pellose con- struit en Crisse.

Et tous ceux de l'Europe, & tous ceux la des isles
Viendront pour recercher ma responce en ce lieu
Ou ie leur ouuriray les mysteres de Dieu.
    Comme Phœbus eut dit, a poser il commance
Les fondemens du temple, & desia les aduance

En largeur & grandeur : & les deuotieux
Trophone & Agamede amis des puiſſans Dieus
Tous deux enfans d'Ergin le feuillet y planterent,
Et peuples infiniz a l'entour habiterent,
Ayans taillé de pierre infiniz grands quartiers
Pour faire qu'on ſeruiſt Phœbus en leurs quartiers
Perpetuellement. Là pres, vne fontaine
Iettoit ſes belles eaux coulantes en la plaine,
Ou de ſon arc puiſſant le fils du Iupiter
Mit a mort le ſerpent qui ſouloit moleſter   Mort
Tous les circonuoiſins : monſtre grand & horrible,   du ſer-
Qui faiſoit aux mortels vn dommage indicible,   pent
Et a tous leurs troupeaux ; C'eſt le cruel Typhon   Typhõ
Dommageable & ſanglant, qu'auoit produiͨt Iunon
Long temps auparauant, de depit & colere
Apres s'eſtre faſchée a Iupiter le pere,
Alors qu'il engendra Pallas en ſon ceruean :
Elle en courrous d'vn fait ſi eſtrange & noueau,   Naiſ-
Appella tous les Dieux de la voute celeſte.   ſance
  Voyez que Iupiter m'eſt faſcheux & moleſte,   de Ty-
Leur dit elle, & quel tort me faiͨt ce Dieu peruers   phon.
Enfantant ſans Iunon ſa Pallas aux yeux vers,   Iuno
Belle entre nous, parfaite, agreable & gentille,   aux
Et le fils qu'il m'a faiͨt eſt boiteux & debile   Dieux,
Et difforme ſur tous quoy plus ? il l'a ietté   Iupiter
En bas, & de depit en mer precipite,   preci-
Le perdant, ſans Thetis Deeſſe officieuſe   pite du
Qui auecques ſes ſeurs le receut gratieuſe.   Ciel
Tu deuſſes d'autres cas gratiffier les Dieux   Vulcan
Que de ce preſent là, meſchant malicieux,   Thetis
                                                      le re-
                                                      çoit.

                          C c ij

Qu'excogiteras tu encor pour me deplaire?
As tu bien eu le cœur d'engendrer & de faire
Ta Minerue sans moy? ie n'ay eu le credit
De toy, de l'enfanter: cependant on me dit
Ta femme entre les Dieux qui sur le Ciel habitent.
Il faut donques aussi que mes esprits meditent
Quelque moyen a part, pour faire que de moy
Naisse aussi quelque enfant sans m'accoster de toy,
Qui paroisse entre ceux de la troupe celeste,
Sans polluer ton lict d'acte aucun deshonneste,
Et sans salir le mien: car ie ne coucheray
Auec toy nullement, mais me retireray
Separée de toy, auec la troupe belle
Des Dieux viuans sans fin d'vne vie immortelle,
   En tenant ces propos d'vn maintien furieux
Elle se separa de la troupe des Dieux,
Inuoquant, protestant: & de sa main seuere
Elle ébranla la terre, & dit en grand colere.

Com-
pleinte
de Iu-
no.

   Toy terre escoute moy, vous haults Cieux écoutez,
Escoutez moy Titans qui sous terre habitez
Autour du grand Tartare, hommes & Dieux ensemble
Que ce manoir obscur & retient & assemble
Escoutez moy tretous: Donnez moy vn enfant
Sans Iupiter, qui soit, plus fort, plus triumphant
Que ce fils de Saturne, & qui de luy se passe,
N'ayt que faire de luy, mais en tout qui surpasse,
Et excelle en valeur, en puissance en conseil,
Ce Iupiter, ce fils de Saturne au grand œil.
   Elle dit, puis poussa la terre de furie:
A ce pousser s'esmeut la terre porte vies

Ce que voyant , son cœur fut de ioye remply,
Pensant que son souhait fust du tout accomply.
Et depuis ce temps là iusqu'à ce que l'année
Se vist entierement passée & terminée
Elle ne vint iamais aupres de Iupiter ,
On ne la vit iamais de son lict s'acoster,
Ainsi comme elle auoit accoustumé de faire ,
Consultant auec luy de tout prudent affaire :
Mais les temples sans plus priant elle hantoit ,
Et en ses oraisons sans fin se delectoit.
Or quant le temps parfait , les heures, les années
Et les iours, & les nuits se virent terminées,
Elle enfanta Typhon , monstre horrible & sanglant ,
La peste des mortels , a nul Dieu ressemblant ,
Ny a homme qui fust : elle enfanta ce monstre
Malencontre aux humains portant sur malencontre ,
Et personne n'estoit assez braue, assez fort
Pour l'oser accoster & luy donner la mort ,
Parauant qu'Apollon auec sa forte fleche
Sur la beste eust ouuert vne mortelle breche :
Qui sentant les douleurs du trait dans elle entrant ,
En mugissant s'alloit sur la terre veautrant :
On entendit de loing vn cry hault & terrible
Et elle se tournant rendit l'esprit horrible ,
Ne respirant que sang , puis sur le corps felon
On ouyt ces propos que luy tint Apollon.

Demeure maintenant puante pourriture
Sur la terre qui donne aux hommes nourriture :
Tu n'affligeras plus & n'endommageras
Personne des mortels qui viuent icy bas,

Iuno
accou-
che
de Ty-
phon.

Apollô
tue Ty-
phon.

Apollô
a Ty-
phon
l'ayant
mis a
mort.

Les hommes deformais en deuotion grande
Me viendront rendre icy hecatumbe & ofrande,
La Chimære au fier nom, ny Typhaë le fort
Ne te garantiront de ce mortel effort,
Mais fous Hyperion & fur la terre noire
Tu pourri.zas icy triumphe de ma gloire.

　　Il dit, & le brouillas mortel alla frapant
Les yeux pleins de venim de l'horrible ferpent,
Et du Soleil la force & la lumiere belle
Le corrompit foudain, dont Python on l'appelle,
Et Phœbus Pythien & luy on l'appella,
Pource que le Soleil brulant le pourrit là.

Apollo reco-gnoist que Del-phufe l'a cir-conue-nu.

Cela fait, Apollon apperceut que Delphufe
L'auoit circonuenu de cautele & de rufe,
Si qu'en grande colere il fe leua foudain
Paruint encor a elle & luy dit en dedain.

Apollo a Del-phufe.

　　Ce n'eftoit pas a moy, ó fontaine tresbelle,
Que tu deuois vfer de dol & de cautelle,
Ayant vn lieu fi beau fi aymable & plaifant
Qui de fes claires eaux va la terre arrofant :
Or icy mon honneur luyra par excellence
Et n'en fera point feule a toy la iouiffance

Il y cõ-ftruit fon temple

　　Il acheua de dire, & tout au mefme inftant
De la fefte du mont il s'en alla iettant
Force pierres en bas, & de l'eau qui ruiffelle
Il combla lecourant, troublant la fource belle :
Si conftruifit fon temple & le baftit aupres
D'vn beau bois ombrageux, le long du courant frais
De la belle fontaine ; en ce lieu faint & digne
On fait maint facrifice, on rend maint veu infigne

Au Roy Delphusien, dautant que ce fut là
Que les eaux de Delphuse en colere il troubla.

Lors Phœbus Apollon en soy mesme contemple
Quelles gens il pourra d'estiner en son temple
De Pytho la pierreuse, & sans la delaisser
Ses mysteres sacrez leur fit faire exercer :
Dessus ce pensement le voila qu'il regarde
Floter dessus la mer vn barque gaillarde,
Ou force gens de bien (qui pour l'heure venoient
De Crete, & en Guossos de Minos se tenoient)
Voyageoient a plaisir : ce sont ceux que destine
Pour faire son seruice, & de sa loy diuine
Anoncer les secrets, le Roy Phœbe Apollon,
Son oracle rendant dans le sacré vallon
De Parnasse hautain, son oracle authentique,
Qu'il prononce du pied du laurier prophetique.
Ces gens la nauigeoient deuers les Pyliens
Pour negoce & trafique : & change de leurs biens
A d'autres pour gaigner & faire leurs affaires.
Phœbus leur vint encontre & dans les ondes claires
Saillit impetueux, la figure prenant
D'vn monstrueux Daufin, puis tout incontinent
Se mit tout de son long le monstre espouuantable,
Gisant dans le vaisseau de façon admirable :
Que si quelqu'vn d'entr'eux tant seulement vouloit
Cognoistre que c'estoit, soudain il s'ebranloit
Et faisoit craqueter les ais de la galere :
Eux faisoient grand silence, & ne sçauoient que faire,
Mais se tenoient assis, les armes ne prenoient,
Et le voile a l'entour de leur mast ne donnoient :

Apollon en émoy quelles gens il comettra pour seruir en son temple.

Il y destine des Candiots qu'il voit nauiger en mer.

Il se trãsforme en Daulphin & se iette en leur vaisseau.

Mais ainsi qu'ils auoient commancé leur voyage
Ainsi poursuiuoient ils leur train, leur nauigage,
Et l'Autan agitoit leur nauire voilé.
Ainsi premierement ils passerent Malæ,
Ils paruindrent depuis au terroir de Lacone
Et deuers la Cité que la grand mer corone,
Apres en Tænarie, au domaine plaisant
Du Soleil, aux humains en ioye reluysant,
Ou sans fin ses brebis a la toison douillette
Sur le champ gras & beau paissent l'herbe molete.
Ils vouloient en ce lieu leur nauire arrester,
Et sortiz, ce miracle estrange raconter,
Pour voir si au poisson continuroit l'enuie
D'arrester au nauire, ou si sa fantasie
Seroit de se ietter dans la mer de tout poinct.
Mais pour eux le timon ne se destournoit point :
Et le vaisseau tousiours reprenoit son adresse
Et sa route tournoit vers le Peloponese.
Le loin-tirant Phœbus de son vent seulement
Dessus les pliz des eaux le menoit aysement :
Ils passerent Arenne & l'aymable Argiphée,
Et la haulte Tryos par ou s'escoule Aphée,
Et Pyle sabloneuse, & les Calcidiens,
Les Cruniens, & Dyme', & les forts Epiens
Vers la diuine Helide, & puis les vents prosperes
Du benin Iupiter les porterent en Pheres,
D'ou d'Ithaque le mont leur parut nuageux,
Dulichie, & Samos, & Zacynthe ombrageux :
Quant ils eurent doublé tout le Peloponese,
Et que leur apparut la profondeur epesse

Du goulphe de Criſſa, vn ventles vint pouſſer,
Et de par Iupiter leurnauire chaſſer
D'impetuoſité, tant que la nef voilée
Paſſa diligemment la campagne ſalée,
Et ſe tournant vogua vers le Soleil leuant :
Le fils de Iupiter leur guide alloit deuant,
Et Phœbus les menoit : alors ils aborderent

A la tranquille Criſſe, & dans le port entrerent,
Et Phœbus a l'inſtant ſaillit hors du vaiſſeau,
Semblable entierement a l'aſtre clair & beau
Qui luit au hault du iour : de luy force eſtincelles
Sortoient & ſe pouſſoient aux voutes ſupernelles :
Dans le lieu plus ſecret de ſon temple il entra,
Et iuſques au trepiez treſſaints il penetra :
Le dedans du lieu Saint fut remply de la flame,
Et toute Criſſe, ſemble, a la ſplendeur s'enflame :
Les femmes du pais & les filles du lieu
Ietterent vn hault cry au prompt abord du Dieu,
Et chaſcun fut ſurpris de frayeur & de crainte :
Puis il s'en reuola vers la nauire peinte
Viſte comme l'eſprit, de tout point reſſemblant
A quelque iouuenceau, braue, fort & galand,
Et de floriſſant aage, ayant ſur ſes eſpaules
Ses cheueux ondoyans, & leur tint ces paroles.

Qui eſtes vous amis ? dittes, d'ou vous venez,
Et de quel bon pays ces routes vous prenez,
Eſtce pour trafiquer, ou ſi a la volée
Vous vous allez iettans deſſus l'onde ſalée ?
En pyrates de mer, guettans les paſſagers,
En voſtre ame' hazardans pour nuire aux eſtrangers

Margin notes:
Apollõ faict prẽdre terre en Criſſe aux Candiots.

Apollõ aux Candiots.

Que vestez vous ainsi estonnez & stupides,
Et que vous ne laissez vos navires humides,
Et terre ne prenez : car ordinairement
Ceux qui voguent en mer & ont du iugement
Quant ils sont fatiguez sur la terre descendent
S'ils trouuent vn bon port, & a repaistre entendent.

Le Ca-
pitaine
des Ca-
diots a
Apollō

    Il leur donna courage aux propos qu'il leur dit,
Si que leur Capitaine ainsi luy respondit.
Pource que tu n'as point d'vn mortel la figure
Mais ressembles vn Dieu d'essence & de nature
Amy, ie te salue, accepte de bon cœur
Le veu que ie te fais de beaucoup de bon heur,
Les Dieux te doint tousiours felicité prospere,
Et me dy ie t'en pry quelle mere, quel pere,
Quelle terre, quel peuple en ce monde t'ont mis.
Pensans aller ailleurs nous nous estions commis
Aux fortunes de mer, & tirions vers les hommes
Qu'on nomme Pyliens, nous qui de Crete sommes.
Mais contre nostre gré nous abordons icy
Et cerchons vn chemin autre que cestuy cy.
Mais quel des puissans Dieux nous fait si dure guerre?
Et contre nostre gré nous rend en ceste terre?

Apollō
se de-
couure
aux
Can-
diots.

    Ausquels le lointirant Apollon dit ainsi.
Amis, qui demeuriez auparauant cecy
En Crete aux bois ombreux : c'est chose veritable
Que vous ne verrez plus vostre pays aymable,
Vos femmes, vos maisons : mais vous prendrez agré
De demeurer icy en mon temple sacré,
Qu'infinité de monde & honore & reuere.
Or ie suis Apollon, Iupiter est mon pere,

Et ie vous ay conduits sur les flots azurez
Icy, pour vostre bien. Donc vous demeurerez
Auec moy en ce lieu, dans mon Temple honorable,
Et a beaucoup de gents & saincts & venerable:
Les secrets plus cachez des Dieux vous cognoistrez.
Et par eux honorez tousiours vous paroistrez
Sus donc resoluez vous, & pleins d'obeissance
Faittes ma volonté en toute diligence.
En premier, hors du mast vostre voile abbatez,
Apres, dessus le sec vostre barque iettez,
Puis, tirez en dehors armes & equippage,
Et dressez vn autel sur le marin riuage,
Allumez y du feu, offrans deuotieux
Force farine blanche aux habitans des Cieux:
Et comme cy deuant vous me vistes en forme
D'vn grand Dauffin saulter parmy vostre chiorme,
Ainsi reuerez moy Dauffin, & d'vn nom tel
Se nommera tousiours Delphien mon autel.
Cela fait, le repas vous vous en irez prendre
Dedans vostre vaisseau, & aurez soing de rendre
Vos offrandes aux Dieux des hauts Palais voultez,
Puis venans auec moy Io Pæan chantez,
Iusqu'a ce qu'arriuiez sur la place du temple
Dont prendre il vous faudra possesson tresample.
 Ils furent a ces mots epris soudainement
D'vne grande frayeur, firent entierement
Tout ce qu'il commandoit: en premier ils baisserent
Les voiles de leur mast, les cordages lascherent,
Abbatirent le mast, sortirent du vaisseau
Qu'a grand'force de bras ils sortirent de l'eau.

Les
Can-
diots
obeis-
sent à
Apoll6

Sur le bord sablonneux , & dessus estendirent
Les rouleaux agencez : puis vn autel ils firent,
Allumerent du feu , offrans deuotieux
Force farine blanche aux habitans des Cieux :
Cela faict le repas ils s'en allerent prendre,
Et leurs veux aux hauts Dieux se souuindrent de rẽdre.
Quant ils eurent repeu , & se furent rempliz
Et de pain & de vin , leur chemin ils ont pris
Marchans apres Phœbus, qui de sa lyre preste
Iouant sublimement cheminoit a leur teste :
Les Cretois a le suiure estonnez se mettoient
Et marchans vers Pytho io Pæam chantoient,
Comme sont les Pæans des habitans de Crete
Ausquels la Muse apprend ceste chanson discrete :
Ils monterent apres le mont dispostement,
Paruindrent sur Parnasse , & au lieu proprement
Qui a beaucoup de gens deuoit estre habitable,
Et presqu'a tout le monde & saint & venerable :
Le Dieu qui les guida la place leur monstroit
Et le terroir fertile ou son Temple seroit :
Eux se sentoient esmeux d'esiouissance grande ,
Et leur chef luy faisoit en ces mots sa demande.

Le Ca-
pitaine
des
Can-
diots a
Apollõ
en sou-
cy de-
quoy
ils vi-
uront.   ô Roy , grand Apollon , puis que tu nous conduis
Si loin de nos parens & de nostre pays,
(Car il te plaist ainsi) nous voulons bien te suiure,
Mais montre nous dequoy nous pourrons icy viure.
Car ce lieu n'est point trop abondant en froment ,
En vandange non plus, on y voit rarement
Des prez gras & herbuz , comme pourrons nous viure,
Et tenir compagnie aux hommes , & les suiure ?

Alors se souciant Phœbus leur dit ainsi.
ô que vous estes fous d'auoir tant de soucy,
Et de vous donner tant de tourment & de pene!
Voicy, ie vous vay dire vne chose certaine.
Chascun de vous en main vn grand couteau aura,
Et brebis & moutons sans cesse egorgera.
Tout ce qu'on m'offrira icy en abondance.
De tous les coins du monde est en vostre puissance:
Gardez bien ma maison, receuez toutes gens
Qui s'y assembleront, & soyez diligens
Sur tout a receuoir mes secrets & oracles,
Et a faire valoir mes faits & mes miracles:
Soit que quelque propos soit dit friuolement,
Soit quelque fait commis iniurieusement,
Et contre l'equité qu'aux hommes il faut rendre,
D'aultres par cy apres viendront pour vous aprendre
Et vous monstrer le tout, & de necessité
Vostre scauoir par eux se verra surmonté:
Ie t'ay tout dit, retien si ta memoire est bonne
Ce que tu as oüy: & toy fils de Latone
Et du grand Iupiter, ie te vay dire a Dieu,
Ie te rechanteray encor' en autre lieu.

Apollō
luy res-
pond &
l'asseure

Fin de l'Hymne d'Apollon.

HYMNE SVR
MERCVRE.

Mercu-
re fils
de Iupi-
ter & de
Maia.

MVSE, ioue a *Mercure* vne *chanson
nouuelle*,
Le fils de Iupiter & de Maja a la belle,
Sur le mont de Cyllene en Prince commandant,

Et sur l'Arcadien en troupeaux abondant:
Le messager des Dieux vtile & profitable
Qu'au puissant Iupiter Maia la Nymphe aimable,
La Nymphe aux beaux cheueux autresfois enfanta
Par meslange d'amour. Iupiter s'absenta
De la troupe des Dieux, si qu'en cachette il entre
Dans les cauons obscurs de la fraischeur d'vn antre,

Iupiter
engros-
se Maia
au des-
ceu de
Iuno.

Et là durant la nuit embrassoit & baisoit
La Nymphe, cependant que Iunon reposoit,
Et ne fut aperceu en son amour discrete,
Trompant hommes & Dieux d'vne façon secrette :
Mais ayant veu la fin de son intention,
Quant le dixiesme mois vint à perfection,
Et qu'il eut mis au iour l'ouurage magnifique
D'vn fait tant excellent, lors la Nymphe Atlantique

Acoucha d'vn enfant fin, ruzé, beau parleur,
Grand derobeur de beufs, grand larron, grand voleur,
Grand espion de nuict, & bon gardeur de portes,
Bref, qui deuoit bien tost monstrer de toutes sortes
D'inuentions aux Dieux : le matin il naissoit .
Et au milieu du iour de sa harpe il poussoit,
Et le quatriesme iour que la Deesse blonde
L'amie a Iupiter Maia l'eut mis au monde
Quant le soir aprochoit, il desroba les beufs
Du fils de Iupiter Phœbus aux longs cheueux:
Car pource qu'il naquit & vint a la lumiere
D'vne immortelle essence hors des reins de sa mere,
Il ne voulut long temps en berceau se coucher,
Mais en sortit soudain, & s'en allant cercher
Les vaches d'Apollon, dedans le precipice
D'vn antre espouuantable il se fourre & se glisse:
Auquel ayant trouué la belle inuention
De la tortue, il eut en sa possessoin
Richesses & grands biens. Là donques il rencontre
La tortue au dos noir qui luy venoit encontre,
Deuant l'antre de fleurs & d'herbe se paissant
Et qui marchoit d'vn pas tardif & languissant :
Mercure la voyant se prit soudain a rire
Et d'ayse qu'il en eut ces propos luy va dire.

   Ie ne fay peu de cas de ce rencontre icy
Et repute a grand gain le signe que voicy,
Tu sois la bien trouuée ô de nature aymable,
Forge-bal, des festins compagne desirable,
Me sois tu apparue auiourd'huy en bon heur
Heureuse que tu es : & d'ou vient le meilleur

Maia
accou-
che.

Epithe-
tes de
Mercu-
re.

Mercu-
re né au
matin,
sur le
midi
iour de
la har-
pe, &
quatre
iours
apres
va des-
rober
les
beufs
d'Apol
lon.

Mercu-
re ren-
contre
la tor-
tue.

ayse de
l'auoir
trou-
uée.

Des chats & des ieux : & qui en ces ioüans conte
Cet animal orné de coque si diuerso ?
Ie te prendray fort bien, chez moy t'emporteray,
Tu me proffiteras, & ie t'honoreray,
Mais tu me deuiendras vtile ta premiere,
La chose en la maison est tousiours coustumiere
D'aporter du proffit, pour ce que ce qui est
Et demeure dehors infructueux parest :
Et viuante restant on pourroit de toy faire
Quelque trait, au poison apresté pour mal faire :
Mais quant tu seras morte, alors doux instrument
Tu pourras resonner melodieusement.

　　Il dit, & retournant en sa maison aymable,
Il prit en ses deux mains le iouet desirable,
Ou prenant vn couteau bien tranchant & pointu
Il arracha la vie a l'animal tortu.

　　Comme quant vn aduis passe en la fantasie
D'vn homme qui consulte, & dont l'ame est saisie
De soin, d'anxietude, & ce soin soucieux
En bluettes de feu luy court deuant les yeux :
De la mesme façon Mercure en son cœur sage
Consultoit sa parole, & mouloit son ouurage :

Il en
fait vn
violon

Il agença par art, & par ordre ficha
Des cheuilles de bois qu'au dos il attacha,
Y mit vn cheualet, puis y ioignit vn manche,
Sur lequel il banda de mainte brebis blanche
Les chordes en sept rancs. Ayant entierement
Construit & façonné son gentil instrument,
Il frappa de l'archet par certaine cadance,
Et vn son en sortit de douce resonance.

　　　　　　　　　　　　　　　　Puisse

Puis se prit a chanter sans l'auoir medité
Vn chant qu'a l'heure mesme il auoit inuenté:
Comme les jeunes gens en la fleur de leur aage
Se gauffoient aus banquetz tant de la belle Maie
Que du Saturnien, & comme ils detractoient
De luy duparauant, & sorty le chantoient
D'vne ribaude amour : apres, deffus sa lyre
Il chantoit sa naiffance, & se plaifoit a dire
Son nom illuftre & grand : les feruants il chantoit
Et les riches Palais où la Nymphe habitoit,
Les trepiez, les baffins, & le meuble durable
Dont elle decoroit sa maifon honorable.
Ces chofes fçauoit il, les autres dans fon cœur
Defiroit il bien fort. Puis finit la douceur
De fes rares chanfons, & fa lyre voutée
Pofa deffus fon lict quant il l'eut demontée.

Cela fait, defireux de recouurer des chairs,
De la maifon il monte au fommer des rochers
Machinant quelque fourbe & quelque tromperie
A part en fon efprit (pour faire fafcherie,)
Comme font les coureurs toute la nuit vaudans.
Defia dans l'occident Phœbus aux traits ardans
Enclinoit fes cheuaux, quant deffus la prairie
Qui s'eftendoit le long du mont de Pierie
Mercure en hafte vint : la des Dieux les gras bœufs
Paiffoient inceffamment l'herbe de prez herbuz,
Il fe ioint a la trouppe a la corne choquante,
Et trouue le moyen d'en detourner cinquante,
Les touche deuant luy au trauers des fablons,
Et les faict cheminer les pas a recullons,

Il chante en iouant deffus.

Il va à la queste.

Il trouue les bœufs des Dieux.

Il en detourne cinquáte les faifant marcher a recullons.

Dd

54

Il mar-
che aus-
si a re-
culons

Par vne grande ruze, & de mesme maniere

Luy mesme pour tromper cheminoit en arriere:

Puis le long de la mer ses souliers il ietta

Et dans son cœur vn fait estrange il inuenta:

Ruse
de Mer-
cure.

Il mesla des rameaux de meurte & de bruyere

En cordeaux les tourna, puis d'estrange maniere

Il s'en entortilla, & ses legers souliéz

Sans qu'ils luy fissent mal en lia sous ses piez

Auecques les feuillars que pour sa tromperie

Il auoit arrachez du mont de pierie,

Gauchissant du chemin, & tout entierement

Faisant comme vn qui veult cheminer longuement.

il est ap
perceu.

Or vn vieux iardinier qui plantoit là des antes

Le vit, & l'apperceut comme il tournoit ses plantes

Contre Ocheste l'herbeux, vers lequel s'en alla

Mercure & se feignant le premier luy parla.

Mercu-
re au
iardi-
nier qui
l'auoit
apper-
ceu.

ô veillard, qui courbé tant d'arbres icy plantes,

Tu auras tout loisir parauant que ces antes

Te rapportent du fruit, de t'aller egayant

Par beaucoup de pays, de voir en ne voyant,

D'ecouter estant sourd, & en fin de te taire

De peur que ton parler ne te puisse mal faire.

Ce disant, il se mit à retoucher ses beufs,

il mar-
che tou-
te nuit.

Passa par maint costau, par maint valon ombreux,

Et par maint champ fertil, Desia la nuit obscure

S'en alloit, deuestant sa noire couuerture,

Et le iour se leuoit sa lumiere apportant

Et les peuples par tout au trauail excitant:

La belle Lune aussi fille du Megamide

Pallas, monstroit sa corne au trauers de l'air vuide:

Quant Mercure paruint aux eaux du fleuue Alphé,
Touchant les beufs du Dieu a l'arc bien etoffé :
Qui n'eurent abordé pres des grandes estables,
Et deuant les beaux prez aux herbes profitables
Qu'ils se mirent a paistre & brouter largement
La treffsle & le souchet croissants abondamment.
Mercure cependant va en queste, & raporte
Force bois, cerche apres le moyen & la sorte
D'en allumer du feu, il prend dedans sa main
Vn baston de Laurier, le despece soudain
Et le met en éclats, lors la vapeur fumante
Souffle tout a l'entour, (& peu a peu s'augmente.)
Le feu premierement il retira de la,
Apres force bois sec viste il ammoncela
En vn lieu renfoncé, lors du bas de la fosse
La flamme petillant se grossit & se hausse,
Et comme elle croissoit, il tiroit au dehors
(Car il estoit puissant) deux beufs membruz & forts,
Que par terre il renuerse, & dans leur sang les souille,
Puis les ayant enflez les ecorche & depouille :
Il poursuit sa besogne, en morceaux va hachant
La chair blanche de gresse : en apres l'embrochant
La faict rostir au feu : le sang estoit par terre,
Et puis il estendit les peaux sur vne pierre :
Ce fait s'esiouissant les chairs il estendit
Sur vne belle place, en douze pars les mit,
Pour en faire a chascun vn present honorable
Puis il s'en prit la part plus saincte & desirable.
Or l'odeur l'afligeoit, & son cœur vn mal tel
Ne pouuoit supporter bien qu'il fust immortel.

Arriue
au fleu-
ue Al-
phée
sur le
iour
auec les
beufs
d'A-
pollon.
il va au
bois al-
lume
du feu
& com
ment.

il tue
deux
des
beufs
qu'il
auoit
desro-
bez.

D d ij

56

Il paſſa donc ſoudain la colline ſacrée,
Ce qu'ayant acheué, la choſe luy agrée,
Et met bas dans l'eſtable & la greſſe & la chair
Qu'il auoit a foiſon, puis les va recercher,
Les esleue delà, vray ſigne & teſmoignage
D'vn aduis tout nouueau, car il prit d'auantage
De bois qu'auparauant, & plus fort l'alluma,
Et les reſtes & pieds entiers y conſuma.
Quant le Dieu eut rendu ſa beſogne parfaicte
Dans le fleuue d'Alphé ſes ſandales il iette,
Puis amortit ſon feu, ſa cendre réduiſant
Toute nuit en ſablon: la Lune alloit luyſant,

Il arriue ſur le môt de Cyllene ſans eſtre apperceu.

Il reprend ſon chemin & arriue ſans peine
Comme le iour poignoit ſur le mont de Cyllene,
Et ſi couuertement qu'il ne fut apperceu
D'aucun des immortels, ny de nul homme veu,
Meſme on n'ouyt iaper les chiens en nulle ſorte:
Entrant il ſe courboit comme il fut ſur la porte,
Et ſe fourra dedans, au brouillas automnal
Ou a quelque nuage entierement egal:
Adonc a pas tardifs comme a taſtons il entre

Il rètre dans le logis & ſe met en ſon lict.

Et ſans faire nul bruit, dans le profond de l'antre,
Et gaigne tant qu'il peut ſon lit ſoudainement:
S'enueloppe le corps de bandes ioliment
Comme vn petit enfant qui vient encor de naiſtre,
Prend ſon lut tortueux dedans ſa main ſeneſtre
Et ſe ioue couché ſans faire nul ſemblant,
Ses liens & bandeaux ſur ſon iarret branlant.

Il eſt decouuert par ſa mere

Mais le Dieu ne ſe peut a ſa mere Deeſſe
Cacher quoy qu'il ſceuſt faire, elle vit ſa fineſſe

Et luy dit, d'ou viens tu, bon rompu, qu'est cecy
D'arriuer & de nuit & a ceste heure icy ?
Ie croy qu'estant serré les costez de la sorte
Tu pourrois mieux passer au trauers de la porte
Du clair Latonien, que l'on ne pourroit pas
Affin de te baizer te prendre entre ses bras :
Que puisses tu perir ! cest vne chose seure
Que le grand Iupiter t'a bien faict en malheure
Pour le fleuau des hauts Dieux & des hommes aussi.

    A qui Mercure en mots cauteleux dit ainsi,
Pourquoy vous mettez vous contre moy en colere
Et pourquoy de si pres m'obseruez vous, ma mere,
Comme on faict vn enfant, que tout petit qu'il est
Dans son petit esprit scait toutesfois que cest
Que de fourbe & de mal, mais il n'ose le faire
Pource qu'il est craintif & a peur de sa mere ?
Mais moy sans craindre rien le mestier ie suyuray
Qui me semble meilleur, & vigilant feray
Mes affaires sans crainte, & pouruoiray aux vostres,
Et ne pourray iamais permettre que nous autres
Soyons entre les Dieux viuans petitement,
Et sans nous voir garniz de biens abondamment,
Comme vous le voulez : il est plus honorable
De viure magnifique & riche & respectable
Entre les immortels, que d'estre veuz ainsi
Viuoter dans vn antre estroit triste & transi :
Et si n'espere point acquerir moins de gloire
Qu'en a fait Apollon (de sa belle victoire,)
Si mon pere ny veut m'ayder, & m'y porter,
Ie ne laisseray pas pourtant de le tenter.

                        D d iij

Maia a Mercure.

Mercure a Maia.

Resolution de Mercure, du train qu'il doit mener.

Ne veut estre moindre qu'Apollon.

I'auray ſur les matois la ſuperintandance :
Et ſi le braue fils de Latone me penſe

propo-
ſe de
deſro-
ber le
temple
d'Apol
lon.

Attaquer & cercher, vn Dieu il trouuera
Qui ne le craindra point, mais qui le preuiendra,
Et ſi ne feray point d'entrepriſe petite.
Ie m'en iray percer ſon grand Temple de Pythe,
Et tous ſes beaux trepiez, ſes chauderons, ſon or,
Ses riches veſtemens, ſomme tout ſon treſor
Enleueray de là, (& ne tarderay guere,)
Et ſi vous vient a gré vous le verrez, ma mere.
      Ils deuiſoient ainſi ; & le Soleil riant

Apollõ
en que-
ſte de
ſes
beufs.

Cependant ſe leuoit du coſté d'Orient,
Quant Apollon paruint en la foreſt aymable
D'Oncheſte, conſacrée au Prince redoutable
Neptune' ebranle terre : ou il vit en paſſant
Vn vieillard tout courbé pres du chemin, plaiſſant
La haye du verger, auquel ces mots il crie.
      ô vieillard, ramaſſant ronces en la prairie

En de-
mande
desnou
uelles
au iar-
dinier
qui a-
uoit de
cou-
uert
Mercu-
re.

D'Oncheſte le herbeux. I'arriue freſchement
Du mont de Pierie, & peine infiniment
A recercher mes beufs (aux pas peſans & mornes,)
Et mes vaches auſſi aux fronts armez de cornes :
Vn toreau noir a part paiſſoit grand & diſpos,
Et quatre dogues fiers ſuiuoient apres a dos,
Comme hommes bien d'acord (dont le cœur ne ſe change)
Les chiens & le toreau (qui eſt vn cas eſtrange)
Sont reſtez, & les beufs que ie vay tant cerchant
Se ſont euanoüiz ſur le Soleil couchant.
Dy moy, vieillard ancien, as tu point veu perſonne
Qui les ayt emmenez ? Et au fils de Latone

Le vieillard dit ainsi. *Amy, certainement*
Il est bien malaysé de dire entierement
Tout ce que l'on a veu, force personnes passent
Dont les vns force maus recerchent & pourchassent,
Les autres vont pour bien : donc de te dire tout
Tresdifficilement puis-ie en venir about.
La verité est bien, toute ceste iournée
Iusqu'au soir defrichant ceste vigne entournée
De ronces & buissons, que i'ay veu vn garson
Que ie ne scaurois pas cognoistre a sa façon
Qui suiuoit quelques beufs, & tournoit le visage
Marchant a recullons : il auoit d'auantage
Vne verge en sa main. Lors le vieillard se tut.
Et Phœbus a marcher plus vistement s'esmut,
Se doutant du voleur aux ayles estendues,
Et de l'enfant matois du grand amasse-nues.
Si vint en diligence a Pyle, recerchant
Ses beufs aux piedz tortuz, ses espaules cachant
D'vn amas nuageux : alors (comme il desire)
Il recognoist leur piste, & puis se prend a dire.
Voicy certainement vn admirable cas,
Voicy bien de mes beufs & la piste & les pas,
Mais ils sont retournez a la prairie, & comme
S'ils y vouloient aller : ces pas ne sont point d'homme,
De femme, de lions, de chiens, d'ours, ne de loups :
Et ne ressemblent point a ceux qu'a tous les coups
Les toreaux sont marchans : qui choses si terribles
Faict de ses piez legers, fait des chemins horribles
Et des pas monstrueux en ces pays icy ?
   Le fils de Iupiter Apollon dit ainsi :

D d iiij

Le iardinier a Apollon.

Apollõ l'ayant ouy se doubte de Mercure, & se haste

Il recognoist la piste de ses beufs.

il arriue
en Cyl-
lene.

Puis en Cyllene vint par le bois cotuert d'ombre,
Entra dedans la roche en la cauerne sombre,
Ou la Nymphe diuine acoucha parauant
Du fils de Iupiter : vne odeur s'esleuant
Souëfuement monstoit dessus le mont superbe,
Et les brebis tondoient le delicat de l'herbe.
Alors hastiuement le Dieu aux traits ardant
Donne iusques a l'antre & se fourre dedans.

Mercu-
re voy-
ant A-
pollon,
s'enfuit
au logis
& se
met au
lict.

    Mercure aperceuant qu'Apollon en colere
Pour ses beufs, s'aprochoit de l'antre de sa mere,
Entre viste dedans, s'enuelope au berceau
De linges adorans, se couure d'vn monceau
De bois & de feuillars : de charbons & de cendre :
Et tout soudain qu'il peut Phœbus entrant entendre,
Il se courbe, & se met la teste ensemblement

Faict
seblant
de som
meiller

Et les piez & les mains, comme tout fraischement
Estant sorty du bain, & pris d'enuie extresme
De vouloir sommeiller il auoit caché mesme
Sous son ayle son lut que naguiere il auoit
Forgé d'vne tortue, & point ne se leuoit.

    Or le Latonien trop longuement ne tarde
A recognoistre & voir la Nymphe montagnarde,
Et l'enfant qu'elle auoit par amour engendré
Du haut Saturnien: enfant fin & madré.
Puis regardant le roc parfait en toutes sortes
Il prit la clef luisante, & en ouurit les portes
Respirans le Nectar & l'ambrosie encor.
Là dedans y auoit force argent & force or,
Et force beaux habits de la Nymphe amoureuse
Tel que les Dieux en ont dans leur demeure heureuse :

Puis ayant recerché iusqu'au lieu plus obscur
Et le plus retiré, Phœbus dit a Mercur'.

Enfant que ie voy là couché (en grand silence)
Enseigne moy les beufs, viste, fay diligence,
Autrement nous viendrons en contestation
Qui ne sera seante, & sans remission
Te precipitteray dans le Tartare horrible
Et dans l'obscurité d'vne mort plus terrible
D'ou ne pere ne mere onc ne t'arrecheront,
Ains sous terre mourras, pour guide ne t'auront
Peu d'hommes te suiuans (dans ceste fosse obscure.)

A ces mots respondit le ruzé de Mercure.
De quels propos cruels me vas tu menaceant,
Et de quels bœufs encor me vas tu tant pressant ?
Ie ne les ay point veux, & ie n'en ouy onques
Parler ne discourir a personne quelconques :
Et ne le dirois pas : & le prix n'aurois point
De denonciateur. Me voila bien en poinct
Et si i'ay bien encor la façon & la force
D'vn desrobeur de bœufs, pour les toucher a force.
Ce n'est pas là mon faict, i'ay bien vn autre soin :
C'est de me reposer, car i'en ay bon besoin,
C'est d'auoir le tetin de ma mere en la bouche,
C'est le bain, le maillot, les bandes, & la couche.
Pour ce debat icy qu'on ne le scache pas,
Car les hommes sans doubte en feroient vn grand cas,
Et s'estonneroient fort qu'vn enfant de naguere,
Nay, sorty freschement du ventre de sa mere
Peust sortir de la porte, & si loin s'en aller
Pour desrober des beufs. Mais cest a toy parler

Apollõ a Mercure luy demandãt nouuelles de ses beufs.

Mercure a Apollon.

il s'excusetãt qu'il peut.

Sans raison ny propos (si tu le sçais comprendre :)
Me voila nay d'hyer, mes piez ont la peau tendre,
La tarre est aspre & dure, (& pourrois m'empirer.)

Est
prest de
iurer ne
les a-
uoir
veus.

Que si tu veux encor ie suis prest a iurer
Le plus graue serment & le chef de mon pere,
Ne sçauroit rien du tout d'vn si grand vitupere,
Que ie n'en suis l'autheur, que tout a l'enuiron
De ce mont ie n'ay veu ny cogneu le larron
De vos beufs quels qu'ils soient, (mon sermēt est fidelle,)
En voicy seulement la premiere nouuelle.

Conte-
nance
rusée
de Mer
cure.

Il dit, & demenant les paupieres, tournoit
Les sourcils, de ses yeux ça & la regardoit
Et sifloit comme oyant quelque conte friuole.
Dont Phœbus souriant luy dit ceste parole.

Apollō
empor-
te Mer-
cure.

ô poupin, bon rompu, bon meschant, bon ruzé,
Certes ie ne te voy que par trop aduisé
Pour percer les maisons, & aller en cachetes
Piller & saccager a tastons les logetes
Non d'vn homme tout seul, mais de plusieurs bergers,
Qui dessus toy courront mille & mille dangers :
Quant affamé de chairs tu te ruras sans cesse
Sur les beufs & brebis blanchissantes de gresse.
ça, de peur de dormir d'vn sommeil pour iamais
Descen, bon compagnon de la nuit que tu es,
Descen viste du lit : tu acquerras sans doubte
Et le nom & l'honneur entre la troupe toute
Des haults Dieux immortels dessus le Ciel vagans
D'estre le Capitaine & le chef des brigans.

Ce disant, il l'emporte & l'enleue (en l'air vuide.)
Lors d'vne inuention s'aduisa l'Argicide

Voyant que dans ses bras il l'enleuoit leger,
Ce fut qu'il luy tascha l'Erithe messager
Du pernicieux ventre, en infauste nouuelle,
Qui vola dessus luy d'vne impetueuse ayle :
Apollon l'entendit, & par terre ietta
Mercure qu'il portoit, deuant luy s'arresta
Bien qu'il eust grand desir d'acheuer son voyage
Puis luy disant iniure il luy tint ce langage.

   Courage, de Maia (l'excellente en beauté)
Et du grand Iupiter enfant emmailloté,
Ie pourray cy apres trouuer parauanture
Enseigne de mes beufs, aydé de cest augure :
Mais tu me conduiras tousiours en attendant.

   Il disoit, & Mercur s'eslancoit en grondant
Et par force marchoit, autour de ses oreilles
Ses deux mains demenant, & serré à merueilles
De ses langes le dos. Adonques tout-felon
Il luy disoit ainsi. Que fais tu Apollon,
Et ou m'entraines tu ? me voudrois tu messaire
A cause de tes beufs dont tu es en colere ?
Que la race des beufs perisse entierement :
Ie te dy, que ie n'ay desrobé nullement,
Et ne scay le larron de ces vaches si belles,
Et voicy seulement les premieres nouuelles.
Mettez moy en iustice, allons a Iupiter.

   Ainsi furent long temps entre eux a contester
Mercure, & Apollon (qui tout le monde eclaire,)
Et tous deux soustenoient opinion contraire,
Cestuicy disoit vray, & n'accusoit en vain
De ces beufs desrobez Mercure cault & fin,

(marginalia:) Le laisse aller par terre.

(marginalia:) Se fait mener.

(marginalia:) Mercure a Apollon.

(marginalia:) Apollo & Mercure contestent longuement.

Et l'autre par sa ruze & iargon deceuable,
Vouloit tromper Phœbus l'archer infatigable.
Mais tout fin qu'il estoit vn plus fin il trouua :
Adonc en diligence il chemine & s'en va,
Et Apollon le suit, & dessus le Ciel grimpe.

Apollõ & Mercure viennẽt deuant Iupiter

    Quant ils furent venuz aux sommets de l'Olympe,
Par deuant Iupiter, on mit soudainement
En place les talens du meilleur iugement,
Et le bruit en courut sur la nueuse croupe

Les Dieux s'assemblent.

De l'Olympe haultain. Alors toute la troupe
Des celestes y vint, & deuant les genoux
De Iupiter, Mercur (contrefaisant le doux)
Et l'archer Apollon en reuerance grande
Se tindrent tout debout. Iupiter lors demande
A son fils genereux Apollon luy disant.

Iupiter a Apollon.

    Phœbus, ou as tu pris ce butin a present,
C'est enfant nouueau nay, qui a toute la mine
D'vn heraud, a ce bruit toute la cour diuine

Apollon a Iupiter

Des Dieux s'est assemblée. Auquel le blond archer
Apollon respondit. Pere du Ciel trescher
Certes tu entendras vn fait non mesprisable,
Et ne me blasmeras d'estre tout seul coulpable

il accuse Mercure.

D'aymer le larrecin. cet enfant i'ay trouué
Ce celebre larron, sur le mont esleué
De Cyllene, ou i'ay fait promenados a force,
Pour y trouuer mes beufs a la corne retorse.
Ie n'ay veu nul des Dieux ny des hommes auec
Qui viuent sur la terre, auoir vn si bon bec.
Mes beufs paissoient aux prez, que le galand debouche
Sur le soir, les desrobe & vers la mer les touche,

Les emmene tout droit : mais d'vne inuention
Monstrueuse, & donnant grande admiration :
Oeuure d'vn vray dæmon, car la trace & la marque
Des pas sortans du pré au contraire les marque
Et le madré qu'il est ne marchoit ce sembloit
Ny de mains ny de piez, mais inuenté auoit
Vn prodige de pas, comme si en cachetes
Quelqu'vn marchoit auec des petites buchetes :
Or tant que par les lieux de sable il cheminoit
La trace de ses pas aysement il tournoit,
Mais sur la terre ferme il deuint inuisible,
Et de luy ny de beufs il ne fut plus possible
De remarquer les pas : mais comme il se hastoit
Et les touchoit a Pyle, vn certain le guettoit
Qui m'a tout decouuert : en cependant nostre homme
Coyement & sans bruit les tue & les assomme
Et les consume au feu : cela fait s'en alla
Apres auoir ietté le reste çà & la
Coucher dans son berceau, comme vne nuit funebre,
Caché dans sa cauerne & couuert de tenebre :
Vn aigle ayant les yeux aiguz extremement
Ne l'eust en ce cachot decouuert nullement,
Or demenant les mains dans ceste voulte courbe
Il s'excusoit fort bien en sa fraude, en sa fourbe,
Et disoit aygrement : ie ne les ay point veus,
Et si ne scay que c'est de vaches ny de beufs,
Moins en ay ie entendu discourir a personne,
Et quant ie le scaurois, ie ne veux qu'on me donne
Salaire ny loyer de denonciateur
Car ie n'en diray rien, (cerche ailleurs ton conteur.)

Phœbus ayant parlé s'assit & prit sa place,
Et Mercur' regardant d'vne asseuree audace

Mercure a Iupiter.

Vers le pere des Dieux : ó pere Iupiter
Dit il, la verité ie te vay raconter,
Car ie ne fus encor iamais trouué coulpable

Il se defend de l'accusation d'Apollon.

De menterie aucune, ains suis fort veritable :
Cestuy cy est venu de grand matin vers moy
Me demander ses beufs, n'amenant auec soy
Nuls des Dieux pour tesmoins, nuls espions ne guettes,
Et me vouloit forcer par façons indiscretes
De les luy indiquer, m'a beaucoup menacé
De me precipiter au tartare poissé :
Car il est en fleur d'aage, en sa force & puissance,
Et ie n'aquis hyer, il en a cognoissance,
Et voit que ie n'ay point la mine d'vn voleur
Ny d'vn larron de beufs : & certe' il est meilleur
Que tu croyes (d'autant que tu te dis mon pere)
Qu'il me donne a grand tort ce mauuais vitupere,
Et que ie n'ay iamais pris n'enleué ses beufs
(Ainsi sois-ie a iamais & contant & heureux)
Ny passé sur sa terre : il est tout veritable :
Le Soleil en ce cas n'est par trop respectable
Ny tous les autres Dieux. Te diray-ie combien
Ie t'ayme & te reuere ? & tu le scais fort bien
Que ie n'en suis l'autheur : ie scay la differance
Des sermens serieux, & i'en ay cognoissance.

Il menace Apollō de le faire dedire.

Non, par les beaux palais de ces immortels Dieux
Ie luy feray rentrer ces propos odieux
Quelque iour dans ses dents, quelque plein de iactance
Qu'il soit, & quoy qu'il ayt grande force & puissance.

Pere, tu ayderas aux foibles s'il te plaist.

Il dit, & demenant ses sourcils sans arrest
Il luy en faisoit signe, ayant sous son aisselle
Sans la vouloir laisser sa bandelete belle.
Iupiter ne se peut tenir de s'eclater
De rire, regardant cet enfant contester
Si ieune, & denier le larcin & la prise
Des beufs aux fronts cornuz auec telle feintise.
Puis il leur commanda de s'accorder tous deux
Et s'en aller ensemble a la queste des beufs :
Que Mercur' le premier, leur disoit-il, s'auance
Et monstre en puerile & non feinte innocence
Ou il a mis les beufs. Ce disant il luy fit
Vn signe de la teste, & Mercure obeit :
Et ce commandement ne luy fut difficile.
En haste donc tous deux s'en allerent a Pyle,
Paruindrent vers Alphee, & courans & marchants
Atteignirent en fin & les prez & les champs.
Ou les riches troupeaux dessus la nuit obscure
Et paissant l'herbe aux fraiz prenoient leur nourriture.
Alors Mercure entrant dans l'antre cauerneux
Les testes en sortit des forts & puissans beufs.
Et le Latonien par tout ses yeux aproche,
Et regarde les peaux sur vne haute roche,
Puis a Mercure dit : ô méchant cauteleux
Comme as tu peu couper la teste a deux grands beufs
Toy qui n'es qu'vn enfant : ta force est nompareille,
Ta puissance incroyable, & ie m'en emerueille,
Tu n'as pas de besoin de deuenir plus grand
Et de croistre, ô Mercure. Et ce disant il prend

Contenance de Mercure.

Iupiter ne se peut tenir de rire, voyant Mercure si bié denier.

Il enioint a tous deux de s'accorder & s'en aller ensemble a la queste des beufs.

Apollô a Mercure.

Les liens de l'enfant dont encore il se serre,
Les retourne en ses mains & les iette par terre
L'vn dans l'autre meslez : & dans ce lieu obscur
Estonné voit les beufs du cauteleux Mercur,
Qui depit, de trauers le regarde & s'en fasche,
Court esteindre le feu, & de les cacher tasche :
Et selon son desir apparse doucement
Le clair fils de Latone, encor quentierement

Mercure pour appaiser Apollon ioüe de sa tortue.

Il fust plus fort que luy. Il se met donc a prendre
Son lut dedans sa main, & luy fait vn son rendre
Et rustique & grossier : Apollon s'en sourit,
Et vn son agreable a son oreille ouyt.
Mais le fils de Maia nullement ne s'estonne
Se met a sa main gauche, & dessus son lut donne,
Iouant & puis chantant alternatiuement.
La vois suiuoit le son melodieusement,
Et mesloit en chantant la chorde horminieuse

Ce que Mercure iouoit & châtoit sur sa tortue.

Auec les Dieux hautains la terre spatieuse :
Comme au commancement les Cieux furent bastiz,
Et comme a tous les Dieux les sorts furent partiz :
Il loüoit en premier sur sa chanson diuine
La mere des neuf seurs la docte Mnemosine,
Qui l'eut pour son partage. Apres il exaltoit
Les autres immortels, & leur honneur chantoit,
Disoit leur origine & de façon loüable

Apollô préd vn grand plaisir au chât de Mercure.

Façonoit l'ornement de sa chanson aymable,
    A son chant Apollon vn tresgrand plaisir prit,
Et vers luy se tournant en ces termes luy dit.
Ruzé tueurs de beufs, laborieux, insigne,
Compagnon des festins, certes cecy est digne

                 De cin-

De cinquante bon bœufs, & me prend vn desir
D'en dire mon aduis cy apres a loisir.
Mais dy moy maintenant as tu de ta naissance
Ce scauoir admirable & ceste grand science,
Ou si quelcun des Dieux ou des hommes d'embas
T'ont apris ce dous chant, car i'en fais vn grand cas,
Et i'oy nouuellement vne chanson si belle
Qu'aucun des Dieux qui sont sur la voulte immortelle
Ne pas vn des mortels ne me fit onc oüyr
Sinon toy, qui m'en viens asteure resiouïr.
Quel art, quel exercice, & quelle Muse encore!
Qui le soin difficile & le soucy deuore!
Ces trois certainement y sont tous a leur tour,
Et le somme font prendre, & la ioye & l'amour.
Ie suis le sectateur des Muses Olympiques
Qui ayment les chansons, les danses magnifiques,
Les sons des instrumens, les flustes, les haubois,
Mais iamais ie ne fu rauy de telle vois,
Et tu as des festins la vraye & seule lyre,
ô fils de Iupiter ie t'exalte & t'admire
De scauoir de ton luth iouer si dextrement.
Quoy que tu sois petit, tu as certainement
L'esprit indicieux: pour cela ie t'honore,
Et si ie te veux dire, & a ta mere encore,
Pour ce traict encorné desormais ie te veux
Si braue que tu es representer aux Dieux,
Ie te veux faire encor maint present honorable,
Et ne te diray point de propos deceuable.
　Auquel Mercure dit. Puis que c'est ton vouloir,
Ie ne t'enuye point mon art ny mon scauoir

E e

Marginal: Dit son ieu estre digne de grande recompense. L'enquiert d'où il l'a apris, Loüé extremement son ieu. Mercure a Apollō

Apollon, qui de loing les sagettes sçais traire,
Tu l'auras auiourd'huy, & ie te veux complaire
De parole & d'effect, pour ce que tu sçais tout,
Et deuant tous les Dieus tu en viendras about
Sage & fort que tu es, & Iupiter le pere
T'ayme d'affection iuste sainte & entiere,
T'a donne de ces dons plus riches & meilleurs,
Tu as receu de luy & grandeurs & honneurs,
Et de l'oracle saint la sage cognoissance:
Outre cela tu es riche & plein de cheuance:

Luy of-
fre son
lut.

Tu peux a ton plaisir prononcer promptement,
Pren donc le lut & ioue a ton contantement
L'ayant receu de moy, & si tu me veux croire
Tu m'en attriburas quelque peu de la gloire:
Pren le donc en ta main ce doucereux mignon,
Il te suiura par tout fidelle compagnon

Le lut
compa
gnon
des bã
quets
du ieu
& de la
danse.

Des banquets somptueux, du ieu & de la danse,
Qui de iour, qui de nuit, donne resiouissance.
Quiconque de sagesse & d'art desireroit
Venir a son escole, il luy enseigneroit
Choses a son esprit diuerses & louables,
Iouant facilement de façons agreables:
Mais qui rustiquement en sa main le prendroit,
Rien qu'vn son incertain & triste il ne rendroit.
Mais quelque chose a quoy ton bel esprit s'adonne
Tu l'apprens aysement: parquoy ie te le donne
ô fils de Iupiter, & tandis sous ces vaus
Et le long de ces monts nourriciers des cheuaux,
Nous prendrons soing encor des beufs, par interuales
Les vaches se ioindront assez auec les masles

Et se mesleront prou. Et combien que tu sois
Curieux de gaigner, il ne faut toutesfois
T'en courroucer si fort. Il acheua de dire
Et Phœbus prit de luy fort volontiers sa lyre:
Puis vn braue baston dedans la main luy mit,
Et de ses puissans beufs la charge luy commit,
Qui fut a grand plaisir de Mercure acceptée.
Lors le Latonien prit la lyre voutée
Doucement la touchant, & elle luy portoit
Vn son dous quant le Dieu dessus elle chantoit.

    Quant du grand Iupiter la race trescherie
Eut amené les bœufs dans la belle prairie,
Ils retournerent tost sur l'Olympe monter,
S'egayans sur le lut. De cela Iupiter
Prit vn plaisir tresgrand, & sans leur donner terme
D'y songer: les ioignit d'vne amitié tresferme:
Et Mercure deslors ayma vniquement
Apollon, comme il faict encor presentement,
Apres luy auoir fait present si agreable
Et luy en eut montré le secret amyable:
Et Phœbus en sonnoit le tenant sous son bras,
Mais Mercure inuentoit soudain vn autre cas
Et meditoit vn art de nouuelle excellence
A la fluste donnant de la voix la science:
Dont Phœbus a Mercur' vint dire encore vn coup.

    Sage fils de Maia i'aprehende beaucoup
Qu'il ne te prenne enuie en fin de me soustraire
Et mon lut & mon arc : ce que tu peux bien faire,
Pource que Iupiter t'a donné grandement
De faire & manier choses diuersement,

Apollō accepte le lut de Mercu- re.

Luy cō met la garde de ses beufs.

Apollō & Mer- cure re- tournēt a Iupi- ter.

Amitiē entre Mercu- re & Apollō

Mercu- re inuē- te le ieu de la fluste.

Apollō tous- iours en doubte de Mer- cure le faict iu- rer.

E e ij

Mais si tu me iurois & par ta chere teste
Et par les eaux de Styx d'accorder ma requeste,
De ne le faire point, tu me releuerois
De la crainte ou i'en suis, & me contanterois.

Ainsi dit Apollon, & le sage Mercure

Mercu-re iure & luy promet de ne pédre plus rié qui soit a luy. Et de n'apro-cher de son palais.

Auec vn grand serment luy promet & luy iure
De ne prendre iamais chose qui fust a luy,
Et de n'aprocher onc (pour luy donner ennuy)
De son ferme Palais : ce fait, Phœbus accorde
Auec luy desormais toute paix & concorde,
Et que iamais Heros ny Dieu ne luy sera
Si cher ny pretieux, & qu'il luy en fera
Vn tel memorial deuant la troupe toute
Des Dieux, que pas vn d'eux n'en sera plus en doubte.
Que ie te porteray toute fidelité
Car ie te vay bastir & de felicité

Apollō faict le cadu-cée pour Mercu-re.

Et de biens & d'honneurs la verge florissante
A trois bras, toute d'or, immortelle, puissante,
Qui te conseruera, aura commandement
Sur tous les puissans Dieux, & ce qu'entierement
I'ay sceu de Iupiter, tant de ses conseils sages
Que de ses bons propos, & de ses grands ouurages
Elle te l'apprendra : mais non pas de sçauoir
La diuination, tu ne la peus auoir,
Le destin ne te donne vne puissance telle,
Ny a pas vn de ceux de la troupe immortelle,
C'est a Iupiter seul : moy seul tant seulement
I'ose l'acertener par vn grand iurement,
Que nul des Dieux que moy, n'obtient la cognoissance
De ce que Iupiter dans son esprit pourpense :

Et toy bien que ie t'ayme & que tu aye' encor
En main, en don de moy ceste baguete d'or
Ne me presse pourtant de t'ouurir de te dire
Le conseil de celuy qui tient le hault empire.
Or en tournant le monde a ceux cy ie nuiray
Et en le retournant aux autres ayderay,
Et celuy receura mon augure fidele
En cerchant des oyseaux le chant, le vol, ou l'ayle,
Et si l'assisteray disant de poinct en poinct
Ce qu'il voudra scauoir, & ne tromperay point,
Mais celuy qui voudra s'amuser aux paroles
Que diront les oiseaux vains legers & friuoles,
Et voudra importun nostre oracle enquerir
Contre nostre vouloir, voudra plus discourir
Et scauoir que les Dieux, ie te le fais entendre,
Il faut en son chemin, & ne lairray de prendre,
Ses presens & ses dons. Or ie te veux conter
Encore vn autre faict, ó fils de Iupiter
Et de Maia dæmon vtile & profitable
Trois seurs pucelles sont sur la terre habitable
Qui ont le vol fort viste, & qui a decouuert
Portent le hault du chef, de farine couuert,
Leur habitation est au bas de Parnasse,
Et sans l'auoir apris elles ont l'efficace
De scauoir deuiner : or ie fu curieux
De l'experimenter quant ie gardois les beufs,
Mon pere de cela ne se mettant en pene :
Elles courent par tout, & d'vne ayle incertaine
Volent deça dela le tout accomplissans
Et de rayons de miel seulement se paissans.

Defquelles ont mangé le miel vert & fans cire
Efprifes de fureur elles veulent predire
Et annoncer le vray fans longuement fonger,
Mais des qu'elles n'ont plus le moyen de manger
Des Dieux la paiffon douce, elles perdent leur péne
Et ne vous menent plus que par voye incertaine.
Or ie te les enfeigne, & tu prendras plaifir
D'eprouuer leur fcience eftant plus de loifir :
Puis fi a quelque amy tu defires l'apprendre
Peut eftre il le pourra facilement comprendre.
Reçoy cela de moy, & gouuerne mes beufs,
Mes cheuaux, mes mulets forts & laborieux,
Mes horribles lyons, mes pourceaux au dents blanches,
Mes chiens, & mes brebis l'aynuës fur les hanches,
Et ce que mon terroir me produit amplement,
Sur tout cela, Mercure, aye commandement :
En outre, il t'eft donné de faire tout meffage
Chez Pluton, y ayant libre & ouuert paffage.
Ou celuy mefmement qui donner ne pourra,
Prefent pour fa rançon non petit t'offrira.
    De cefte façon la Phœbus ayma Mercure
Tout ce qu'on peut aymer : & Iupiter prit cure
De les mettre d'accord. Il conuerfoit ioyeux
Librement & par tout auec hommes & Dieux :
Mais il n'auoit egard, & fans faueur aucune
Les hommes il touchoit par la nuit fombre & brune.
    Sage fils de Maia ie te vay dire adieu,
Ie te rechanteray encore en autre lieu.

HYMNE
SVR VENVS.

MVSE chante les faits de Venus la dorée
Qui des Dieux a rendu la troupe ena-
 mourée,
Qui sous elle a donté toute sorte d'hu-
 mains,
Oyseaux, bestes, & tant de monstres inhumains
Qui sont nourriz sur terre & sous l'onde marine :
Tout flechit tout faict ioug sous les loix de Cyprine,
Fors que trois seulement qu'elle n'a sceu dompter,
Qu'elle n'a sceu flechir, corrompre ne flater :
La fille a Iupiter Pallas est la premiere,
A qui iamais n'ont pleu de ceste bonne ouuriere
Les mols allechemens, mais plutost a fait cas
Des œuures, des exploits, des guerres, des combats
De Mars le belliqueux. C'est la premiere encore
Qui aux bons artizans a montré comme on dore,
Comme on faict les boucliers, comme on arme les chars :
Aux femmes elle aprend les industrieux arts
De faire dans la chambre vn milion d'ouurages,
(Qui hommage luy font de leurs aprentissages.)
 Venus quelques rians que soint ses doux amours
Na sceu faire tumber Diane dans ses tours,

Tout
flechit
soubs
le pou-
oir de
Venus.

Fors
que
trois.

pallas
la pre-
miere.

Diane
la se-
conde

      E e iiij

Car le trait deſſus l'arc ſans ceſſe l'accompagne,
Sans fin elle tracaſſe & chaſſe en la montagne:
Les lyres, les chanſons, les hauts cris excitez,
Les ombreuſes foreſts, les bourgs & les Citez,
La detiennent touſiours & là elle s'amuſe.

Veſta la troiſieſme. Veſta non plus n'a pu ſuccomber ſous la ruſe
De la belle Venus, Veſta que le prudent
Saturne au monde mit, derniere cependant
De ſes diuins enfans, bien qu'elle fuſt premiere:
Car Iupiter porteur de l'Ægide meurtriere:
Le reſolut ainſi, Veſta digne d'amour,
Que Neptune & Phœbus recercherent vn iour,
Mais elle ne voulut iamais ſe laiſſer prendre,
Et d'vn reffus cruel n'y voulut condeſcendre,
Faiſant vn grand ſerment que touſiours elle tint,
Et du grand Iupiter ceſte grace elle obtint
Et touchant a ſa teſte, & luy diſant l'enuie
Qu'elle auoit de garder tout le temps de ſa vie
Son honneur virginal. Iupiter luy faiſant
Sa promeſſe, luy fit vn digne & beau preſent
Au lieu de ſon nopçage, & luy donna puiſſance
En tous temples d'auoir la premiere ſeance
Deuant tous autres Dieux, qui luy font tous honneur,
Des victimes elle a le plus gras, le meilleur,
Et aux hommes elle eſt treſſainte & venerable.

Venus a eu en ſa puiſ-ſance Iupiter meſme. Venus donc ne peult rien par ſon art deceuable
Deſſus elle gaigner. Mais ſa puiſſance, autant
Sur les hommes mortels que ſur les Dieux s'eſtend:
Personne ne la fuit. Quoy? a Iupiter meſme
Elle oſte la raiſon, luy puiſſant, luy ſupreſme,

Luy le grand foudoyeur. Toutes & quantesfois
Qu'elle la voulu rendre esclaue sous ses loix,
Et prendre sa pensee aux raiz de ses cautelles,
Elle l'a fait mesler auecques des mortelles,
Se cacher de Iunon son espouse & sa seur
Tant belle qu'elle fust, qu'elle fust en grandeur
Dessus toute Deesse au Ciel hault honoré,
Car la fille elle estoit de Saturne & de Rhée.

Or Iupiter qui tient le monde sous ses loix,
Vne fille engendra docte en beaucoup d'exploits
C'est la belle Venus, & luy poussa dans l'ame
D'vn amour doucereux la deuorante flame,
Affin qu'elle goustast des amoureux esbats
Pres d'vn homme mortel, & qu'elle ne fust pas
Sans auoir eu sa part des ieux, des accolades,
D'vn homme, & sans sentir ses douces embrassades :
De peur que quelque iour elle ne vint gausser
Les Dieux, qu'elle auoit fait, disoit elle, embrasser
Les femmes des mortels, & que par ruzes telles
Enfans mortels seroient sortis des immortelles,
Ayant faict embrasser par l'appast de son miel,
Par des hommes mortels les Deesses du Ciel :
Il luy mit donc au cœur l'amour du bel Anchise
Qui paissoit sur Ida, dont elle fut éprise,
Regardant sa beauté semblable entierement
A celle des bourgeois du haultain firmament.
Des qu'il fut aperceu de Venus la rieuse
La Deesse l'ayma d'vne amour furieuse,
Puis elle vint en Cypre esprise d'vn feu tel,
Aprocha de son Temple ou estoit son autel

Venus
fille de
Iupiter

Iupiter
fait que
Venus
ayme
vn mor
tel, &
pour-
quoy.

Venus
esprise
de l'a-
mour
d'An-
chises.
L'ayant
veu elle
vient
en Cy-
pre.

En Paphos sa maison : encens de toutes sortes
Luy estoient là brulez, se fit ouurir les portes,

Les gra
ces la
uent &
oignêt
Venus.

Et les graces soudain son corps délitieux
Lauerent & d'vn baume exquis & pretieux
L'oignirent doucement comme on oint les celestes

La pa-
rent de
ses pre-
cieux
habits.

Mirent ces vestemens riches, propres & lestes
Sur ses membres diuins : son voile mesmement
Que sur tous ses habits elle aymoit cherement.

Venus
parée
vient
vers
Troye.

Estant ainsi parée, ayse & riant de ioye
Laissant Cypre elle prit son chemin droit a Troye
Et par l'air au trauers des nuës se guinda
Tant qu'elle descendit sur l'ombrageuse Ida

Descêd
en Ida.

Qui fournit de ruisseaux les champs & les passages.
Et la mere des ours & des bestes sauuages.

Tire
vers la
loge
d'An-
chises.

Marchant par la montagne elle prenoit tousiours
Le chemin de la loge ou logeoient ses amours :
Les loups grisons, les ours, les lions efroyables,
Les pards legers, les cerfs mangeurs insatiables.
La suiuoient blandissans : elle y prenoit plaisir,
Leur inspiroit aux cœurs vn amoureux desir,
Dont espris, deux a deux par les buis s'en allerent,
Et dans les lieux couuers par amours se meslerent :

Elle
entre &
y trou-
ue An-
chises.

Peur elle, dans la loge excellente elle entra,
Ou le diuin Heros seul elle rencontra,
Anchises en beauté aux Dieux accomparable :
Les autres ayans mis les beufs hors de l'estable
Les suiuoient par les prez. Et luy alloit touchant
Son lut, y mariant vn delectable chant.
La fille a Iupiter des amours la meruielle
Vint a luy, de beauté & de taille pareille

A vne ieune fille, affin de luy oster
Toute peur, toute crainte, & ne l'espouuanter,
Anchise la voyant ruminoit en soy mesme,
Admiroit grandement sa beauté tant extresme,
Sa taille, sa façon, ses habits pretieux :
Car son voile eclatoit comme vn feu radieux,
Elle auoit sur son chef force boutons de roses,
Force liens de fleurs souefuement ecloses,
En son col delicat vn riche & beau colier,
Les belles chaines d'or qui se venoient lier
Dessus sa gorge blanche, en brillemens semblables
A la Lune eclatante en rayons admirables.
Dans le cœur d'Anchises l'amour sauta dispos
Qui ne peut plus se taire, ains luy tint ces propos.

  ô quelle que tu sois qui es icy venuë
Des Deesses du Ciel, Reyne ie te salue,
Soit que tu sois Pallas, Latone, ou Artemis,
Ou la belle Venus, ou l'illustre Themis,
Soit que tu sois quelcune ou des Charites belles,
Ou de celles qu'au Ciel on appelle immortelles,
Ou l'vne mesmement des Nymphes de ces monts,
Des fleuues, ou des bois, ou de ces gras vallons,
Ie te vouë vn autel en place decouuerte
Ou par moy mainte offrande a toy sera offerte
A toute heure du iour, soy moy tant seulement
Gratieuse, & me fay paroistre excellemment
Entre tous les Troyens : fay moy aussi la grace
Que i'aye de par toy belle & illustre race,
Que ie viue long temps, & voir tousiours heureux
Le beau iour du Soleil, & de deuenir vieux.

Se trãs-
forme
en vne
ieune
fille.

Anchi-
ses l'ad-
mire.

Anchi-
ses a Ve
nus en
la co-
gnoi∫-
∫ant.

Venus
a An-
chise.

Se nie
estre
Deesse.

Se feint
vn au-
tre.

* Ou a
lespieu
riche &
beau.

Raisós
con-
trou-
uées de
Venus.

Auquel respond Venus la Deesse d'estime.
Anchise genereux & sur tous magnanime,
Ie ne suis point Deesse. Et pourquoy me veux tu
Egaler en beauté, en grandeur, en vertu
Aux Deesses du Ciel ? ma mere estoit mortele
Et entre les viuans elle m'a faitte telle :
Mon pere a nom Otré, si ce nom quelquesfois
Est venu iusqu'a toy : la Phrygie a ses loix
Toute entiere obeit : pour le langage vostre
Ie l'enten & le parle aussi bien que le nostre,
Ce fut vne Troyenne aussi qui me nourrit,
Et me donnant le laist vostre langue m'apprit,
Et pour la prononcer me rendit asseurée.
　　Or le meurtrier d'Argus a la verge dorée,
M'a prise, subornée, * & rauie au troupeau
De la chaste Diane au riche & beau fuseau.
Ainsi que nous passions le temps force pucelles
Nymphes de grand maison tresriches & tresbelles,
Tresbonne compagnie auec nous se trouua,
D'ou ce tueur d'Argus Mercure m'enleua.
Il m'a fait tracasser par villes habitées
Et de beaucoup de gens largement frequentées :
Par lieux desers aussi sans habitation
Ou les lions cruels ont frequentation :
D'vne telle prestesse il m'enleue & me serre
Que ie ne semblois pas toucher des piez en terre
I'estois me disoit il, appellée des Dieux
Pour espouser Anchise au regard gratieux,
Et que i'aurois de toy vne belle lignée.
Or aussi tost qu'il m'eut en ce lieu amenée,

M'eut monstré ton logis, & dit, voila ou c'est
Il se guinda leger aux Cieux sans nul arrest :
Et ie me suis vers toy iusqu'icy auancée,
Car la necessité m'y a toute forcée.
Ainsi par Iupiter, ie te pry desormais,
Et par tes bons parens (car des meschans iamais
Ne t'auroient engendré) veilles moy montrer telle
Que tu me vois icy & entiere & pucelle,
Aprentiue a l'amour, & neufue a ses douceurs,
A ton pere, a ta mere, a tes freres & seurs,
Ie ne leur seray point ahonte reprochable,
Mais digne belle seur & bru fort honorable :
Puis enuoye en Phrygie a mon pere . & aussi
A ma mere, qui sont pour moy en grand soucy ?
Ils te feront tenir prou d'or, prou de cheuance,
Et prou de vestemens riches par excellence :
Car tu receuras d'eux force riches presens :
Et cela fait : combien qu'ils n'y fussent presens
Tu pourras celebrer nos noces amiables,
Aux hommes & aux Dieux pour iamais honorables.

Quant la Deesse eut dit, l'amour elle soufla
Dans le cœur d'Anchises, qui ainsi luy parla.
Puis que tu es mortele, & que femme mortele
Comme tu dis, ta faite & mise au monde telle,
Que ton pere & Otré, & que le sage Dieu
Mercure ta menée & conduite en ce lieu,
Tu seras tout iamais mon espouse treschere,
Et homme quel qu'il soit ny Dieu ne scauroit faire
Que tout presentement ie ne couche auec toy ?
Non, quant l'archer Phœbus darderoit contre moy

Venus souffle l'amour au cœur d'Anchises.

Anchises a Venus, la prenant pour la fille d'Otrée.

Le plus triste venin de ses fleches morteles.
Il ne me chaut, ô femme egale aux immorteles
De mourir t'ayant euë auec moy dans mon lit.

Anchises la mene au lit.

　　Ce disant Anchises, par la main il la prit,
Et Venus souriant soudain s'est retournee
Vers le lit ou elle a vne œillade donnée.
Le lit estoit bien fait, bien garny, bien paré,
De mantes bien couuert, de grands peaux entouré
Et d'ours & de lions, qu'il auoit sur la place
Etenduz roides morts en allant a la chasse,

La desa billeluy mesme.

Quant ils furent tous deux aprochez pres du lict,
Anchises de sa main soudain la deuestit,
De ses riches habits decrochant les boucletes,
Les roses detachant, denoüant les fleuretes:
Luy delier encor sa ceinture il osa
Puis le tout doucement sur vn siege il posa,
Apres luy de naissance & de race mortele
Fit le deuoir, couchant auec vne immortele,
Combien qu'il ne le sceust. Or quant ce vint le temps
Que le pastres au soir s'en reuiennent des champs,
Anchises se laissa au dous sommeil surprendre
Mais Venus gentiment ses robes alla prendre
Et s'estant habillée, en son seant se mit

Anchises s'en dort.

Tousiours pres d'Anchises, & tousiours sur son lit:
Puis sousleua la teste & la grace honorée
De ses ioues luisoit ainsi qu'a Cytherée:

Venus reueille Anchises.

Alors de son sommeil Anchise elle eueilla
L'appellant par son nom, & ainsi luy parla.
　　Dardanide debout. Dormiras tu sans cesse
Sans pouuoir t'eueiller, & rompre ta paresse?

Regarde si ie suis semblable entierement
A la femme qui t'a parlé premierement.

  Elle dit, & soudain du sommeil se reueille:
Mais quant il vit les yeux reluisans a merueille,
Et le col de Venus, de crainte il s'estonna   Anchi-
Et la veuë baissant ailleurs il la tourna :   ses re-
Puis en ouurant sa face, & surpris de tristesse   ueillé
Il luy dit. En premier que ie te vy, Deesse,   s'eston
Ie te recogneu bien, & dans moy te disois   ne, voy
D'vn estoc immortel : mais tu te deguisois.   ant Ve-
Donques par Iupiter ie te prie & suplie   nus.
Ne veilles que ie traine & languisse en ma vie,   Il luy
Fay moy grace plustost : Car qui embrassera   parle.
Les Deesses du Ciel, & longuement viura ?
Auquel encor Venus la Deesse d'estime.   Venus
Anchise genereux & sur tous magnanime,   accou-
Pren courage en toy mesme, & n'aye point de peur,   rage &
Tu n'auras de par moy dommage ne douleur,   asseure
Ny par aucun des Dieux, car tu es en leur grace :   Anchi-
Au demeurant, vn fils naistra de nostre race   ses.
Qui dessus les Troyens aura commandement :
Fils naistront de ses fils consecutiuement,
Son nom sera Ænee', a cause que tristesse   Les
Me tourmentera fort durant ceste grossesse,   Troyes
De ce que ie suis cheute aux baizers d'vn mortel.   ont eu
Mais tousiours les Troyens ont esté d'vn heur tel   l'amitié
Qu'ils ont au cœur des Dieux de tout temps gaigné place. des
                                       Dieux.
Epris de leur beauté & de leur bonne grace.   Gany
Cy deuant Ganymede au Ciel fut emporté   medes
Par le haut Iupiter pour sa grande beauté,   aimé de
                                       Iupiter

Pour viure auec les Dieux grand d'honneur & de gloire
Et que dans son Palais il leur seruist a boire
Versant, estrange cas, le Nectar gratieux.
Fauorisé, chery, & honoré des Dieux :
Pour luy le Roy estant en péne continue
Ne sçachant quelle part son cher fils en la nüe
Auroit esté porté : partant il s'atristoit,

(marge : Tithon aymé de l'Aurore.)

Et de iour & de nuit tousiours le lamentoit :
Iupiter eut en fin pitié de sa misere,

(marge : L'Aurore demande a Iupiter l'immortalité pour Tithon)

Luy donna pour son fils vn tresdigne salaire,
Des cheuaux accompliz en vitesse & beauté
Et qui participoient de l'immortalité.
Et luy fit dire encor' par le sage Mercure
Que son fils ne seroit subiet a la loy dure
De la mort qui prend tout, mais seroit immortel.
Le Pere fut adonc par vn messagetel

(marge : Elle ne se souuient de demander pour luy ieunesse eternelle.)

Grandement consolé, & se fit de grand ioye
Par ces vistes cheuaux tousiours porter a Troye.
    L'Aurore puis apres prit en affection
Tithon, qui fut aussi de vostre nation,
Et ressembloit vn Dieu tant sa beauté fut grande :
Puis fut a Iupiter luy faire vne demande
Qu'il deuint immortel & qu'il ne mourust point :
Iupiter sa requeste accorda de tout poinct.

(marge : Tant que rithon est ieune, il est visité de l'Aurore.)

Mais sotte qu'elle estoit elle n'eut la finesse
De demander qu'il fust d'eternelle ieunesse.
Sans qu'il pust deuenir ny vieux ny decrepit :
Si que tant qu'il fut ieune il fut en grand credit :
Et de ceste ieunesse amoureuse l'Aurore,
(Ieunesse tant aymée & desirée encore

Detous

De tous hommes viuans) elle le vifitoit
Vers l'Ocean fans ceffe, ou lors il habitoit.
Mais lors que fes cheueux a blanchir commencerent,
Et les poils de fa barbe aux ans qui le prefferent
Vindrent a fe mefler, l'Aurore fe retint
De tant le vifiter, & de fon lit s'abftint :
Mais elle ne laiffoit de fubftanter fa vie
De viures delicats & de pure Ambrofie,
Et toufiours l'honoroit de riches veftemens :
Mais quant il eut atteint les decrepiteus ans
Abbatu de vieilleffe & trifte & odieufe,
(De conuerfation fafcheufe & ennuyeufe,)
Qu'il perdit toute force, & qu'il ne pouuoit plus
Ny mouuoir ny dreffer fes membres tous perclus,
Elle le mit au lit, ne fcachant plus que faire,
Et ferma deffus luy fa porte belle & claire.
Sa force auoit alors pris vn grand changement,
Et ne parloit plus mefme intelligiblement.
 Or ie ne voudrois pas qu'ainfi tu me vouluffes,
Et qu'en cefte façon immortel tu me fuffes,
Ains que ie t'euffe tel pour efpous & mary
Que mon cœur puis apres n'en puft eftre marry,
Ne voyant point changer la beauté defirable.
Mais bien toft la vieilleffe aux vieilleffes femblable
Sans pitié te prendra, vieilleffe tourmentant
Les hommes, dommageable, importune, & que tant
Ont en hayne les Dieux, & qui toufiours s'aproche,
Et moy ie tumberay en opprobre & reproche
A ton occafion, enuers les Dieux puiffans,
Qui de mon fait iront fe rians & gauffans,

Eftant deuenu vieux elle ne le vifite plus mais ne laiffe de le bien traicter.

Eftant decrepite, il eft mis par elle au lit il ferme la porte fur luy.

Venus ne veut Anchifes ainfi.

Venus craint de tumber en reproche enuers les Dieux.

Ff

Eux qui par cy deuant redoutoient mes surprises,
Soubçonnoient mes desseins, craignoient mes entreprises
Quant ie les attrapois, faisant qu'ils s'aprochoient
Des femmes de la terre, & pres d'elles couchoient :
Car tout tant qu'ils estoient sans nulle differance
Ie les ay sceu ranger sous mon obeissance :
Et ie n'oseray plus entre eux me preualoir
Ayant si lourdement failly a mon deuoir,
Me meslant auec vn de mortelle nature,
Auec lequel i'ay mis vn fils sous ma ceinture :
Qui des qu'il aura veu du Soleil la clárté

Æneas sera nourry par les Nymphes des bois.

Sera dessus ces monts des Nymphes alaitté,
Nymphes au large sein, de ces montagnes belles,
Et Nymphes qui ne sont mortelles n'immortelles :
Elles viuent long temps, vsent de viures tels
Que font les autres Dieux, auec les immortels
Elles dressent le bal, dansent & les frequentent :

Vie & naturel des Nymphes.

L'Argicide Mercur, les Silenes les hantent
Et dans le reculé de leur ombreux seiour
Auec elles iouans se meslent par amour :
Et d'elles les sapins & chesnes leue-testes
S'engendrent sur la terre & dessus les hauts festes
Des monts dressent leur bout dans les nues des Cieux,
Et sont nommez les bois sanctifiez aux Dieux :
Or les hommes iamais ny mettent la cognée
Pour les oser couper : mais quant la destinee
A prescripte leur fin & les veult retrancher,
On les voit peu a peu sur la terre secher,
Leur ecorce pourrir, tumber leurs belles rames,
Et les raiz du Soleil abandonner leurs ames.

Celles là, mon enfant chez elles nourriront
L'ameneront icy & te le montreront
Des qu'il sera grandet, & le rendra portable
La ieunesse qui est a tous tant desirable.
Mais pour te dire tout ce qui est dedans moy,
Au bout du cinquiesme an ie reuiendray a toy,
T'ameneray l'enfant. & sa belle prestance
Fera florir ton cœur de grande esiouissance,
De voir ce florissant rameau deuant tes yeux,
Car tu le trouueras fort ressemblant aux Dieux:
Puis tu l'emmeneras a Troye spatieuse.
Que si quelcun vouloit d'enuie curieuse
S'enquerir & scauoir qui tauroit enfanté
Enfant tant excellent & si plein de beauté,
Souuien toy de repondre, & n'y fay point de fauté
Vne Nymphe habitant sur ceste forest haulte
Calycope est son nom, c'est ceste Nymphe la,
Que si tu es si fou d'outrepasser cela,
De dire au vray qui c'est, & d'vne ame egarée
Te vanter que tu as engrossé Cytherée,
Iupiter contre toy, croy moy, s'irritera,
Et de son foudre ardant soudain te frapera.
Cela donc te soit dit, retien toy, & fay comme
Ie t'ay fait ta leçon, & personne ne nomme:
Euite le courrous des grands Dieux, si tu peux:
Ce dit elle monta sur l'Olympe venteux.
  Ie pren congé de toy Royne en Cypre adorée,
Apres t'auoir chantée, ó belle Cytherée,
A la chanson d'vn autre aussi ie passeray,
Et de tout mon pouuoir sa louange diray.

Ff ij

Venus
promet
a Anchi
ses dele
venir
voir dãs
cinq
ans.

Luy de
fend de
dire
qu'il
ayt
eu Ae-
neas
d'elle.

SVR ELLE MESME.

IE chanteray Venus la belle & venerable,
Ayant couronne d'or, qui commande, amyable,
Dans Cypre maritime, ou le souffle amoureux
D'vn Zephyre mollet l'engendra doucereux
Dans l'escume des flots des ondes azurées.
Les Heures se parans d'oreillettes dorées
La receurent de ioye, & mirent vitement
Sur elle la beauté d'vn riche acoustrement,
Et sur son chef diuin vne belle courone
A qui l'or en premier & puis la façon donne
Vne grace admirable, apres vindrent lier
Dessus la belle gorge vn pretieux colier
De riche orfeurerie, & comme elles les portent
Quant pour aller au bal de l'Olympe elles sortent.
Apres auoir paré ce corps delicieux
Elles menent Venus, la presentent aux Dieux,
Qui la voyans soudain l'embrassent, luy font feste
En frappant dans leurs mains, & chacun d'eux souhaite
Que sa femme elle fust, affin de l'emmener
Tant sa grande beauté les faisoit estonner.
Ie te saluë Nymphe a la paupiere noire,
Donne qu'en ce combat i'emporte la victoire,
Et pare ma chanson, car memoire i'auray,
Et d'vn autre & de toy qu'en mes vers ie loüray.

Marginal notes (left):

Venus cõmande en Cypre.

Elle est nee de l'escume de la mer.

Les Heures la receurét.

La parerent.

La menerent vers les Dieux.

Chascũ des Dieux la desire a femme.

BACCHVS ou LES
PIRATES.

DE Denys, de Bacchus braue fils de Semele
Ie me reſſouuiendray, & ma muſe immortele
Chantera la façon qu'on le vit vne fois
Sur le bord de la mer, & de face & de voix
Tel qu'vn adoleſcent en la fleur de ſon aage:
Ses cheueux bruns branloient le long de ſon viſage,
Et vne manteline ou l'ecarlate ouuroit.
Son pourpre preſieux ſes eſpaules couuroit.

　　Des courſaires alors nauigans en Tyrrhene
Trauerſans ceſt endroit vogoient a voile pléne,
Mais ce voyage fut pour eux malencontreux,
Car l'ayans decouuert, il ſe firent entre eux
Vn ſignal de le prendre: en diligence ils ſortent,
L'empoignent ſans tarder, dans leur vaiſſeau l'emportéi
Fiers d'vn ſi bon butin: il eſt, ce diſoient ils,
De quelque riche Prince ou de quelque Roy fils,
Et le vouloient lier: Mais au prix qu'ils le lient
Ses cordes, ſes liens, ſe rompent, ſe delient
De ſes mains de ſes piez: luy traité en ce poinct
Rioit ſous ſes yeux nuirs, & ne ſe bougeoit point:

　　Ce qu'ayant apperceu le Patron du nauire
Se tourne vers ſes gents & ſe prend a leur dire.
Miſerables, quel Dieu voulez vous garroter?
Ce vaiſſeau fort qu'il eſt ne le peut ſuporter:
C'eſt pour vray Iupiter ou Neptun l'effroyable,
Ou l'archer Apollon: car il n'eſt point ſemblable

Ff iij

Bac-
chus en
forme
d'ado-
leſcent
appa-
roiſt ſur
le bord
de la
mer.

Eſt pris
par des
corſai-
res de
Pyrates

Le veu-
lét lier,
mais les
cordes
ſe rom-
pent.

Le pa-
tron du
nauire
taſe ſes
gens de
l'auoir
pris ſe
doutát
qu'il e-
ſtoit vn
Dieu.

Aux terrestres humains, mais aux Dieux eternels
Qui habitent du Ciel les Palais supernels.
Laissons le donc aller, remettons le sur terre
Et ne iettez sur luy les mains, qu'il ne vous serre
D'vn vent impetueux, & poussé de courrous
N'émeuue la tempeste & l'orage sur vous.

Auquel le Capitaine ainsi dit en colere,
Pren garde au vent sans plus tant que tu l'as prospere
Malheureux que tu es, est en bien seulement
Le voile, & sois soigneux de tout nostre armement,
Les soldats auront l'œil au prisonnier de guerre,
Et tous luy ferons voir l'Ægyptienne terre,
Ou Cypre ou le pays dessous le Pole mis,
Et nous dira qui sont ses freres, ses amis,
Son pays, ses moyens, & les biens qu'il possede,
Dieu nous l'a enuoyé, il n'y a nul remede.

Ayant ainsi parlé, le nauire tiroit
Et le voile & le mast, & le vent respiroit
Dans le milieu du voile: en fin tout faisoit rage
De faire son deuoir a tirer l'equipage:
Quant tout a vn instant vn cas leur apparut
Estrange & merueilleux: car le vin pur courut
Au trauers du vaisseau, iettant vne odeur telle
Que la peut departir l'Ambrosie immortelle.
La peur, comme la mort les mariniers saisit,
Et tout au mesme temps, au haut du voile on vit
S'elargir vne vigne & ses branches s'estendre,
Et nombre de raisins s'y lier & s'y pendre:
Autour du mast encor' on voyoit grauissant
Le tortueux lyerre au feuillard verdissant,

Le Capitaine du nauire le refuse.

Cas estranges suruiennent dans le nauire qui auoit pris Bacchus.

Que mainte grappe noire agreable enuirone,
Et chascune cheuille auoit vne courone.
Ceux du vaisseau voyans Medede, pressoient fort
Le patron, qu'il prist terre & qu'il les mist a bord :
Mais Bacchus a l'instant dans le vaisseau se change
En lion le deuant, rugit vn cry estrange,
Puis soudain vn grand ours par le milieu se fit,
Prodige merueilleux. La trouppe qui le vit
Fut toute hors de joy, luy de course soudaine
Se lance au trauers d'eux, & prend le Capitaine,
Les autres, ne craignans de se voir submergez,
Se ietterent en mer, & furent tous changez
En daufins ecailleux : la barque depeschee
Pour le Patron son ame a pitié fut couchée,
Si bien qu'il luy fit grace, & heureux le rendit,
Et pour le r'asseurer ces propos il luy dit.

  Courage bon Patron, ie t'ayme & te reuere,
Ie suis le Dieu Bacchus, & Semelé ma mere
Meslee par amours au puissant Iupiter
A pu d'vn tel enfant dedans Thebe' enfanter.
  Bacchus ie te saluë, ó enfant de Semele
Ie ne veux t'oublier en ma chanson nouuelle.

Bacchus se change en diuerses ses façons.

Les mariniers changez en Daufins.

Bacchus pardonne au patron du nauire.

A MARS.

MArs tresfort, charge-char, au beau casque doré,
Braue porte bouclier, du rempart emmuré
Garde & conseruateur, couuert d'armes de cuiure,
Main ferme, infatigable, au iauelot deliure,

Epithetes de Mars.

Ff iiij

Bouleuard de l'Olympe, a l'aise remportant
La victoire au combat, la iustice augmentant,
Des meschans le tiran, des bons le Capitaine,
Porte sceptre de force, & qui parmy la plaine
De l'air, vas promenant tes cheuaux radieux,

Mars
troisies-
me des
planet-
tes.

Entre les cercles clairs des sept astres des Cieux
Sur le troisiesme rang, oy ma voix, ó des hommes
Le secours, conseruant la ieunesse ou nous sommes,
Faisant ton astre beau luire benignement
Au bien de nostre vie, & fauorablement
Dessus nostre vertu & guerriere puissance :

Ce dôt
Home-
re prie
Mars.

Puissay-ie ainsi chasser la maligne influance,
Donter de mon esprit l'impetuosité,
Et la deception dont ie suis trop flatté,
Reffrener de mon ame & les feux & l'audace
Qui me poussent a mettre en mon dos la cuirasse
Et a suiure la guerre : octroye moy aussi
Repos en mon esprit, & que ie passe ainsi
Mes iours dessous les loix d'vne paix permanente
Fuyant de mes hayneux l'iniure violente.

SVR DIANE.

C'Est Diane la seur d'Apollon loin-iettant
Que ma Muse en ses vers va loüant & chantant,
Diane ayme-sagette, & vierge chaste & pure,
Et qui auec son frere a pris sa nourriture
Qui ses cheuaux dressez au ioncheus Meleté
De Smyrne, va touchant d'impetuosité,

Au beau char attelez par la pucelle noble,
Iusques dedans Claros au gratieux vignoble,
Ou son frere Apollon ses traits loin deschargeant
S'assied, en attendant sa seur a l'arc d'argent.
    Ainsi ie te saluë & toutes les Deesses,
Mais ie commenceray mes chants, mes alaigresses
Et de toy & par toy, & par toy commenceant
Aux autres puis apres mes vers iront passant.

SVR VENVS.

IE chanteray Venus qui fut en vn pré née,
Par qui ioye aux humains & lyesse est donnée,
Ses amiables riz sont confits en douceurs,
Et si porte tousiours bouquets roses & fleurs :
Ie te saluë icy Reyne de Salamine,
Toy qui vas commandant sur Cypre la diuine,
Donne moy que mon vers d'vn agreable son
Des autres & de toy entone la chanson.

SVR PALLAS.

IE commance a chanter de Pallas, de Minerue
Qui garde les Citez, qui les villes conserue,
Formidable pourtant, a cause qu'auec Mars
Elle se va meslant des guerres, des hazars,
De la destruction des Citez, des alarmes,
Des cris & des combats & des frayeurs des armes,

Dont elle a deliuré & saune maintenant
Autant qu'onques le peuple & allant & venant:
Ie te salue, Vierge octroye nous, & montre
Toute ta bonne fortune & heureuse rencontre.

SVR IVNO.

IE chanteray Iunon la Reyne au throsne d'or,
Immortelle, tresbelle, & trespuissante encor,
Dont accoucha Rhea la Deesse honorable,
De Iupiter & seur & femme venerable,
Que les Dieux sur le Ciel veulent tous respecter
Auec vn tel honneur qu'ils font a Iupiter.

SVR CERES.

CEres aux cheueux blōds aux cheueux d'or i'entone
Ceres maiestueuse, en apres Persephone
Ie te viens saluer, Nymphe de grand beauté
Preside a ma chanson, garde ceste Cité.

SVR LA MERE
DES DIEVX.

DE la mere des Dieux & des hommes ensemble,
La fille a Iupiter la sainte Muse assemble
Les honneurs en ce vers, elle a qui plaisent tant
Les sons de la cymbale & du tambour batant,

Les hurlemens des loups & des lions terribles,
Les monts & les forests, & leurs antres horribles :
Sois tu donc Saluée, & auec toy aussi
Les Deesses, d'vn chant semblable a cestuicy.

SVR HERCVLES
cœur de lion.

L E plus fort des humains le grand Hercul' ie louë,
Que le haut Iupiter pour son enfant aduouë,
Et qu'Alcmene, auec luy coniointe par amour
Enfanta dedans Thebe au gratieux seiour.
Qui vagabond errant & par mer & per terre
Subiet à Eurysthé qui luy fit rude guerre,
Receut beaucoup de maux, & si en fit aussi.
Or il vit maintenant sur l'Olympe éclarcy
En ioye & en repos : ayant Hebé la belle
Pour femme & pour espouse en ieunesse eternelle.
Ie te saluë, Roy de Iupiter enfant,
Fay moy en tout bon heur & vertu triumphant.

SVR ÆSCVLAPE.

C'EST le fils d'Apollon le medecin insigne
Que chante maintenant mon vers, s'il en est digne
Æsculape le Roy, qu'autresfois Coronis
Fille du Roy Phlegie enfanta en Doris,
Lyesse des humains, guerison amyable
Des douleurs & des maux, & secours fauorable,

ô Roy ie te saluë & te suplie aussi
De ietter ton œil doux dessus cest hymne icy.

SVR LES ENFANS
DE IVPITER.

D'Y Castor & Pollux ma Muse ioliete
Enfans de Iupiter, que dessus Taygete
Lede luy enfanta, quant clandestinement
Le haut Saturnien vint amoureusement
La donter par amours descendant de la nuë :
ô tresnobles enfans cet hymne vous saluë
Tyndarides bragars, ô duits a tous trauaux,
Et donteurs excellens des viste-piez cheuaux.

SVR MERCVRE.

A Mercure ie chante vne chanson seconde
Le fils de Iupiter & de Maja la blonde,
(Sur le mont de Cyllene en Prince commandant)
Et sur l'Arcadien en troupeaux abondant :
Le messager des Dieux vtile & proffitable
Qu'au grand Saturnien Maia la Nymphe aimable
Et la fille d'Atlas autresfois enfanta
Par meslange d'amour. Iupiter s'absenta
De la troupe des Dieux, si qu'en cachette il entre
Dans les cachots obscurs de la fraischeur d'vn antre
Et là durant la nuit embrassoit & baisoit
La Nymphe, cependant que Iuno reposoit

Trompant hommes & Dieux d'vne façon secrete
Et ne fut apperceu en son amour discrete,
   Donques fils de Maia & du grand Iupiter
Ie te saluë icy, commenceant a chanter
Par toy, d'autres chansons pour d'autres i'auray cure,
Ie te salue donc ò bien facteur Mercure,
Messager tresprudent des Dieux Olympiens,
Donneur tresliberal de tresors & de biens.

SVR PAN.

DE mon cher pié-de-bouc, le fils du fin Mercure
  Qui porte sur le front la double corne dure,
Petulant, ayme bruit, Muse, dy maintenant.
Il se va sur les monts de Pise promenant
Auecques le troupeau des Nymphes Oreades
Qui font sur les rochers saults danses & gambades
L'appellans, l'inuoquans, velu Dieu pastoral,
Crasseux, & qui domine en maint mont & maint val,
Et maint costau negeux, sur les roides montagnes,
Sur les rochers moussuz, les plaines & campagnes,
Maintenant alleché de la fraischeur des eaux,
Et puis se reguindant sur les rochers plus hauts,
Ou il se met en guette, & voit ses brebiettes:
Souuent parmy les monts les logis des cheurettes
Et dessus les costaus il monte vitemene,
Les ours & les lions tuant & assommant,
Guignant de l'œil agu du plus hault de la roche,
Puis en s'en renenant quant le Vespre s'aproche

Sur son flageol il dit tant & tant de douceurs
Que l'oyseau qui lamente au printemps porteflleurs
Ne le surpasse point de voix, de melodie:
Les Nymphes des forests qui luy font compagnie
Chantent a la frescheur des eaux en attendant,
Et du mont plus prochain Echo va respondant;
Et le Dieu qui se traine au milieu de leur danse
Et boitassant les suit, batant a leur cadance,
Ayant dessus son dos vne peau tout en sang
D'vn pard (qu'il a tué que luy tourne le flanc.)
Il prend a leurs chansons vne indicible ioye;
Le saffran, l'hyacinth' sur le pré qui verdoye
Se meslent par les fleurs d'vn baume pretieux.
Or' elles vont chantant le haut Ciel & les Dieux,
Tel que ie celebrois naguieres le Dieu sage,
Tout vtile, & qui faict des hauts Dieux le mesage,
Qui vint en Arcadie abondante en ruisseaux
Et mere des brebis (aux delicates peaux:)
Là son Temple est basty sur le mont de Cyllene,
Là de mille brebis abondante en layne,
Combien qu'il fust vn Dieu, les troupeaux il paissoit,
Chez vn homme mortel, là encor florissoit
Le vehement amour, l'ardeur desesperee
Qu'il portoit a Dryope a la tresse doree,
Ou la nopce il parfit, auec elle coucha,
Et la Nymphe depuis de ce fils acoucha.
Que Mercure ayme tant : ce fils demy-sauuage
Front cornu, pié debouc, de monstrueux visage,
Petulant, trepignant, riant a tout propos;
Nay qu'il fut, le voila soudain sur les argots;

Sa mere le laiſſa de frayeur eperdue,
Voyant ſa mine horrible & ſa force velue:
Mercure alors le prit, ioyeux l'emmaillota
Dedans la peau d'vn lieure, & aux Dieux le porta,
Leur montra ſon enfant: tous en eurent lyeſſe,
Et entre autres Bacchus luy fit treſgrand careſſe,
Et l'appellerent Pan (qui vaut tout,) pour autant
(De bonne humeur qu'il eſt) qu'il va tout deleɛtant.
  Ie te ſalue, ô Roy, ie chanteray ta gloire,
Et de toy & d'vn autre orneray la memoire.

SVR VVLCAN.

MVſe chante Vulcan l'artiſte ingenieux,
  Qui auecques Pallas la Deeſſe aux vers yeux
Aux hommes enſeigna tant de braues ouurages
Qui parauant viuoient comme beſtes ſauuages
Dedans l'obſcur des monts: ores endoɛtrinez
Par le doɛte Vulcan, ils ſe ſont adonnez
A brauement ouurer: chez eux en paix ils viuent
En attendant les temps & les ans qui les ſuiuent.
  Vulcan ſois moy propice. (& pour t'auoir chanté)
Donne moy ie te pry force & proſperité.

SVR NEPTVNE.

PHœbus, le cygne doux te chante ſous ſes ayles
  Melodieuſement, deſſus les riues belles

Du beau fleuue Penée, & le pœte portant
La Lyre dous-sonante aussi te va chantant,
Et au commancēment, & en fin, & sans cesse,
ô Roy ie te saluë & chante ta hautesse.

SVR NEPTVNE.

POur vn grand Dieu ie veux ma chanson animer,
Neptune qui ebranle & la terre & la mer,
A luy qui dans Ægée & Helicon habite
On donne vn double honneur, (& de double merite,)
De dresser dextrement sur terre les cheuaux,
Et de bien conseruer dessus la mer les naus.
Neptune, Marinier humble ie te salue
ô grand ebranle-terre, a la perruque bleuë,
Sois d'vn cœur debonnaire, ó grand Prince des flots,
Et dous & secourable assiste aux matelots.

SVR IVPITER.

LE plus grand le plus fort de tous les Dieux ie chante,
Iupiter au large-œil, dont la force puissante
Qui mene tout a fin, qui de propos amis
Se seant à l'ecart deuise auec Themis.
Saturnien, large-œil, tresgrand, tresformidable,
Sois moy, ie te suply, propice & fauorable.

SVR

SVR VESTA.

VEsta, qui chez le Roy Apollon loin-iettant,
Vas dans son saint Palais de Pythe frequentant,
Tousiours de tes cheueux la douce huille distile,
Vien sur ceste maison, aproche toy facile
Auecque Iupiter, & donne grace au chant
Qu'a ton honneur ia vay sur ma lyre touchant.

SVR LES MVSES
ET APOLLON.

DEs Muses, d'Apollon, de Iupiter ie chante,
Des Muses, d'Apollon ont tiré leur descente
Pœtes & Musiciens, mais les Rois couronez
Viennent de Iupiter : heureux & fortunez
Ceux se peuuent vanter que les Muses cherissent,
Car leurs bouches iamais de dous chants ne tarissent :
Enfans de Iupiter, fils & filles aussi,
En chantant vostre honneur ie vous salue icy,
Honorez mes chansons, ie diray vostre gloire,
Et d'autres & de vous mes vers auront memoire.

SVR BACCHVS.

IE celebre Baccus, & veux le fils chanter
De Semelé la belle & du haut Iupiter,

Gg

Bacchus le petillant, qu'vne verte couroñe
De lierre & de pampre enceint & enuirone,
Que les Nymphes, dés mains du pere, cherement
Receurent en leur sein, & puis soigneusement
Dan lses riches vallons de Nysse le nourrirent :
Des ce temps là les Dieux en leur nombre le mirent :
De son pere esloigné cependant il croissoit
Dedans l'antre odorant (ou l'on le nourrissoit :)
Mais quant il fut sorty hors des mains des Deesses
Il se mit a courir par les forests epesses,
De laurier, de lierre enceint & coroné,
Et des Nymphes tousiours par tout enuironé,
Et luy les conduisoit : la forest cheuelue
Resonoit a leurs chants. Ie t'honore & salue
ô Bacchus raisineux, ie te pry donne nous
Qu'en ioye, qu'en plaisir, passans le temps tous dous,
Nous voyons sur nos iours nos heures terminées,
Et nos heures fournir innombrables années.

SVR DIANE.

Diane au fuseau d'or ie chante sur mes vers,
Vierge ayme-chasteté, faisant la guerre au cerfs,
Aux fleches s'egayant, propre seur honorée
De Phœbus Apollon à l'espée dorée,
Qui par les monts hautains & les bois ombrageux
Se plaisant a la chasse, estend ses arcs nerueus,
Et delasche l'horreur de ses fleches soudaines,
Dont tremblent les sommets des croupes plus hautaines,

La forest heriſſee, au gemiſſement creux
Des teſtes qu'elle tue en rend vn ſon affreux,
La terre en a horreur, & la mer poiſſonneuſe
En reſonne au dedans de ſon eau limoneuſe,
Mais elle courageuſe au trauers ſe ruant
Deça dela ſe tourne aſſommiant & tuant.
Puis apres qu'elle s'eſt a de plaiſir laſſée
Elle détend ſon arc, & s'en vient haraſſée
Son cher frere trouuer Phœbus le loin-tirant
En Delphes ſa maiſon, ou le bal reſtaurant
Des graces aux beaux yeux, & des muſes pucelles
Elle quitte ſon arc & ſes ſagettes belles,
Qu'elle pend au paroy, deſſus elle agenceant
Ses habits pretieux : la premiere danſant
Elle mene le bal: les Muſes, les Charites
Hauſſent leurs belles vois, & chantent les merites
De ſa mere Latone ayant beau le talon,
Et comme elle enfanta Diane & Apollon,
Dont l'œuure, le conſeil, & la preſtance excelle
Tout le reſte des Dieux de la troupe immortele.
Ie vous ſalue enfans que voulut enfanter
Latone aux beaux cheueux au puiſſant Iupiter,
Ie me reſſouuiendray de la loûange voſtre,
Et mon chant n'oublira le merite d'vn autre.

SVR PALLAS.

DE Minerue Pallas la pucelle aux yeux vers,
L'abondante en conſeil veulent chanter mes vers;

Minerue qui ne peut permetre se surprendre,
Vierge ayme-chasteté, & qui s'est voulu rendre
Le souisten des Citez, Deesse a redouter,
Pucelle teste-née, & fille a Iupiter,
Car sage il l'engendra de son chef venerable
Belle, illustre, doree, en armes redoutable :
Tous les Dieux furent pris d'vn grand estonnemens
En la voyant sortir impetueusement
De ce chef immortel : elle brandit sa lance,
Et le Ciel en branla de grande vehemence,
La terre en fit vn son & terrible & afreux,
La mer s'en émut tout au profond de son creux,
Son flot s'en arresta : l'ordinaire carriere
Du fils d'Hiperion qui donne la lumiere
Ses cheuaux arrestez aussi s'en arresta,
Iusqu'a ce que Pallas son armure porta
Telle qu'en ont les Dieux, armure claire & belle
Qu'elle prit en sortant de la teste immortele
A quoy son pere sort se voulut delecter.
Ie te salue donc fille de Iupiter,
Mon chant par cy apres (d'vne immortelle gloire)
Et d'vn autre & de toy chantera la memoire.

SVR VESTA ET MERCVRE.

VEsta, qui de tousiours sur les Palais hautains
Des Dieux qui ont leurs ans immortels & certais
Et qui dans les maisons de l'humaine lignee
D'immemorial temps as ta place assignée

Et ton grade ancien, a qui lon va faifant
De toute antiquité hommage, honneur prefent :
Ou iamais du dous vin la liqueur eftimée
Ne s'efpend que Vefta ny foit toufiours nommee
La premiere & derniere : & toy fils de Maia
Et du grand Iupiter, dont l'efpee egorgea
Le pafteur au cent yeux garde d'Io la belle,
Des Dieux toufiours heureux ô meffager fidelle,
En bienfaits liberal, au caduce doré,
Habitez en bonheur le Palais azuré
Tous deux a voftre tour. Sois moy propice au refte,
Et me vien preferuer de tout malheur funefte
Tant toy que l'amyable & courtoife Vefta :
Car on fcait qu'a tous deux iadis on raporta
D'ouurages grands & beaux l'induftrie & fageffe,
Et vous efte viuans d'eternelle ieuneffe :
Fille du vieux Saturne, & toy Mercure auffi
Portant la verge d'or ie vous faluë icy,
Ie me reffouuiendray de la louange voftre,
Et mon chant n'oublira le merite d'vn autre.

SVR LA TERRE MERE
DE TOVS.

IE diray fur mon lut harmonieux & dous
La terre bien fondée & la mere de tous,
Terre pléne d'honneur, qui donne nourriture
Deffus fon large fein a toute creature,
Soit que deffus le fec elle voife marchant,
Soit qu'elle voife l'air de fes plumes hachant,

Soit qu'elle aille fendant les eaus de ses ecailles,
Tresriche a tout cela nourriture tu bailles
ó sainte & venerable, & de toy vont sortans
Bons enfans & bons fruits (ioye au cœur aportans:)
En toy est de donner ou d'arracher aux hommes
Et la vie (& le soufle en la terre ou nous sommes:)
Mais heureux est celuy que tu honoreras
Promptement, & qu'encor de bon œil tu verras,
Rien ne luy defaudra, sa vigne en abondance
En temps luy produira bons vins par excellence,
Ses champs auront & blez & bestail a foison,
Et plene de tous biens se verra sa maison:
Il regira par loix & statuz equitables
Sa cité florissante en femmes amyables,
Richesses & bonheur tousiours l'accosteront,
Ses enfans en ieunesse & beauté floriront,
Et ses filles courans en toute esiouissance
Se trouueront au bal, paroistront en la danse,
Et se ceindront de fleurs, dont tu leur donneras
Abondance, ô Deesse, & les honoreras.

Femme du Ciel astreux, & des baus Dieux la mere,
Ie te salue icy, ie t'honore & reuere,
Donne ie te suply a mes vers vn daus son,
Et d'vn autre & de toy ie diray la chanson.

SVR LE SOLEIL.

MVse Calliopé recommance & vien dire
Le fils de Iupiter (qui tient du Ciel l'empire,)

Le Soleil , Phaëton, dont Euryphaëssa
La Nymphe aux yeux de bœuf autresfois engrossa
Du fils du Ciel astreux & de la terre mere :
Pource qu' Hiperion encor' qu'il fust son frere
Prit Euryphaëssa & d'elle s'acosta ,
Laquelle des enfans tresbeaux luy enfanta :
L'aurore aux bras rosins, & la Lune argentée ,
Et le Soleil brullant a la course indontée
Qui iamais ne se lasse, & le pareil aux Dieux ,
Qui aux Dieux , aux humains éclaré sur les Cieux
Montant sur ses cheuaux : espouuantable il darde
Ses rayons icy bas , & la terre regarde
De son armet doré, ses radieux regars
Sous ses piez eclairans luysent de toutes pars ,
Sa rouë sous sa temple & rosine & vermeille ,
Et son chef estincele vne ardeur nompareille ,
Et ses habillemens sur son corps se mouuans
Tant ils sont deliez replissent sous les vens ,
Ses cheuaux dessous luy : alors viste il decoche
Par le Ciel etoillé son estincellant coche
Dans les eaux d'Ocean : ie te salue, ô Roy ,
Et ie chante ton los : ie te pry donne moy
De viure heureusement, par ta louange belle
Commence ma chanson , il faudra que i'appelle
Les demi Dieux qui sont des terrenez venus ,
Et de qui par les Dieux les faits nous sont cognuz,

Gg iiij

SVR LA LVNE.

Filles de Iupiter, Muses, doctes pucelles,
Dous-parlantes, chantez la Lune aux larges ayles,
Dont la nette splendeur hors de son chef issant
De son immortel feu va la terre embrassant,
Et dont vn lustre beau s'excite & se reueille
Auec vne splendeur & clarté nompareille :
L'air, tenebreux qu'il est, en est tout eclairé,
Ie dy de sa couronne au clair rayon doré,
Et ses eclats lustreux se tournent autour d'elle
Quant des eaux d'Ocean lauée & toute belle,
Ayant pour ses habits luysans & pretieux
Ses cheuaux aux longs crins, elle ioint sur les Cieux
Et d'impetueux cours les pousse & les promene
Au soir, quant de son cercle est l'apparence plene :
Quant ses rayons tresclairs du plus haut firmament
Luy sont multipliez, pour signe & iugement
Aux hommes de l'estat auquel elle se montre,
Auec qui Iupiter d'amoureuse rencontre
Se mesla dans le lit, dont grosse elle deuint,
Acoucha puis apres, & Pandée en prouint
Belle entre tous les Dieux. Lune, prompte Deesse,
Aux bras blancs & polis, a la luysante tresse,
Ie te veux saluer : par ton los pretieux
Prenant commancement, des autres demy-Dieux
Ie chanteray l'honneur, au Poëte amyable
Des Muses seruiteur, suiet tresagreable.

SVR LES FILS
DE IVPITER.

MVses aux noirs sourcils, venez icy chanter
Les enfans de Leda & du haut Iupiter
Castor le cheualier, & Pollux l'incoulpable;
Qui dessus Taygeto au sommet effroyable
Meslée à Iupiter quid'elle s'accosta
Au feu de ses amours, ces freres enfanta,
Gardiens des mortels, protecteurs des nauires
Quant des vents furieux les tempestes, les ires,
Boulcuersent la mer, les mariniers peureux
Aux fils de Iupiter font humblement leurs veus
De leur sacrifier maint Agneau blanc & tendre
S'ils peuuent de leur nef sur la terre descendre :
Le vent qui autour d'eux ne cesse d'enrager,
Et les vagues dessous s'en vont les submerger,
Lors que soudainement les Dieux aux ayles rousses
Leur viennent apparoistre, & de promptes secousses
S'ebranlent parmy l'air. Les soufles orageux,
Les vents fiers & cruels, & les flots outrageux
S'appaisent aussi tost, les tourmentes finissent,
Et les Dieux, de la mer les sillons aplanissent,
Aux craintifs mariniers signes bons & ioyeux
Pour la fin de leurs maux : qui essuyans leurs yeux
De ioye sont remplis, dechassent leur tristesse,
Et leur peur leur frayeur a l'instant prennent cesse.
    Ie vous salue icy Tyndarides gemeaux,
Caualiers excellens, & donteurs de cheuaux,

Mon vers dorefnauant d'vne immortele gloire
Et d'aultres, & de vous chantera la memoire.

SVR LES HOSTES.

Ouvrez vostre maison, receuez & traittez
Les pauures estrangers, ô vous qui habitez
La sublime Cité de Iunon l'amyable,
Et qui beuuez les eaux du beau fleuue agreable
Qui luy laue le pié, du fleuue coulant doux
Qui vient de Iupiter, le Hebre au canal roux.

Fin des hymnes d'Homere.

QVELQVES

EPIGRAMMES
ET VERS

d'Homere.,

De la version de SALOMON CERTON, *Con-*
feiller , Notaire & Secretaire du Roy , maison &
Couronne de France, & Secretaire de la chambre de
sa Maiesté.

Aux Cumains.

Eceuez l'eſtranger de cõmoditez vuide
ó vous qui habitez Cumes Eriopide
Siſe au pié de Sardene , & qui allez beu-
  uant   (breuuant,
Des eaux du fleuue beau dont il va s'e-
De Herme le diuin, de profondeur extreſme,
Et qui coule & deſcend du grand Iupiter meſme.

Reuenant à Cumes.

MEs piez, me rendez vous aux gens d'vne Cité
Qui n'ont que promptitude & que ſagacité ?

Sur Midas.

IE *suis Vierge de bronze au sepulchre gisante*
De Midas : cependant que l'eau court ruisselante,
Que les arbres en haut font monter leur sommet,
Que le Soleil nous luit, & que la Lune met
Ses cornichons brillans, que les fleuues se roulent,
Et sans enfler la mer dedans son sein s'ecoulent,
Ie fay ferme en ce lieu, sur ce tumbeau iettant
Force pleurs, & Midas sans cesse regrettant.

Il deplore son aueuglement contre les Cumains.

QV e *Iupiter me donne vne fortune amere*
Des qu'enfant ie laissay les genoux de ma mere
Qui pudique m'auoit nourry si tendremeut,
Ie vins en la Cité que tant superbement
Le peuple de Phricone au martial ouurage
Excellent & parfait, bastit sur le riuage
Ou le coulant Melete enuoye en mer ses eaux,
Peuple duit au mestier de donter les cheuaux,
En Smyrne Æolienne, ou les filles aymables
De Iupiter, vouloient que mes chants agreables
Se fissent écouter : mais ce peuple peruers
Ne voulut onc ouyr la douceur de mes vers :
Luy donc qui m'a tenu rigueur tant inhumaine
Ne sera pas long temps sans en porter la péne,

Et ie suis resolu de porter, plein d'esmoy,
La fortune que Dieu deploye contre moy :
Mais de vouloir iamais habiter dedans Cume,
Ie n'ay feu ny desir qui mon cœur y allume,
Plustost de m'en aller par le monde courant
Cercher autre pays, vagabond & errant.

Commencement de sa petite Iliade,

*D*E *Troye & d'Ilion ie chante les rempars,*
Pour qui souffrirent tant les Grecs, mignons de
    Mars.

Du Thestoride. c. Calchas.

*N*VL *dans le fond des cœurs son scauoir mieux ne*
    guide
Pour penetrer dedans, que le grand Thestoride.

A Neptune.

*E*Scoute *moy Neptun', terre-moteur puissant,*
Le rouge & spatieux Helicon regissant,
Donne à ces mariniers vent & retour prospere,
Qui m'ont pris en leur nef d'un cœur si debonnaire,
Et me fais aborder sous le hautain Mimant,
Chez quelqu'un qui m'accueille en fin benignement :
Et puis vien me venger de l'homme abominable
Qui a saly sa foy son, logis, & sa table.

A la ville Erythrée.

O Terre venerable, & pays de bonté,
Fertile en mille biens, plein de felicité,
Que tu te scais montrer a tes amis humaine,
Et fascheuse a ceux là que tu as pris en hayne!

Aux Mariniers.

Matelots, aux fureurs horribles ressemblans,
Qui viuotans trainez vos miserables ans,
Craignez, reuerez Dieu, respectez l'hostelage,
Qu'il ne tourne sur vous son courroucé visage.

Sur le Pin.

D'Autres arbres auront les fruits bien plus plaisans
Que le pin sur Ida haute, exposée au vents :
Sur luy le fer de Mars fera fente soudaine
Quant viendront l'attaquer les hommes de Cebrene.

A Glaucus, cheurier.

Glaucus, gouuerne toy selon ces propos miens,
Donne tost a la porte a manger a tes chiens,

Ce sera le meilleur : car de loin aus aproches
Ils sentent les larrons & les loups aux dents croches.

Contre vne Prophetisse
de Samos.

OY moy qui te suplie ó fille nourrissant,
Ceste femme ayt horreur de lâge florissant,
Et de l'amour des vieux son ame soit éprinse,
Dont le vouloir est bon, mais dont la force est grise.

Sur la maison du Conseil, ou sur
la maison de ville.

LEs enfans sont du pere & le lustre & l'honneur :
Les tours, de la Cité : les cheuaux de valeur.
Sont la gloire d'vn champ : les barques de vitesse
Sont l'honneur de la mer des maisons, la richesse :
Les venerables Roix au conseil assistans
Sont de tous leurs sujets les lustres éclatans :
Mais la maison de ville ou le conseil s'assemble,
Luit sur fils, tours, cheuaux, nefs, tous, & Roix ensemble.

Le Fourneau.

IE chanteray pour vous si vous me payez bien
Potiers : Sainte Pallas vien fauorable, vien,
Et beny ce fourneau : que les Pots, les Bretines,
Les réchaux, les goublets, les Plats & les Terrines

Et tout ce qui est mol le seche doucement,
Et petit a petit durcisse galamment,
Affin que du Potier l'artifice en remporte
Et lyesse, & proffit & gain en toute sorte,
Par foires par marchez les portant, les vendant :
Somme, fay qu'il soit riche & moy sage & prudent
   Mais si changeant d'humeur aultrement ie rencontre,
Que dessus ce fourneau vienne tout malencontre,
Que le rouge poussier du charbon s'enflammant,
Que la chaux qui s'esteind tresdifficilement
Puisse perdre & bruler ce malheureux ouurage :
Que le malheur des pots iette sur luy sa rage
Et corrompe le tout : que ce qui fait casser,
Ce qui est ferme & dur, le vienne despesser,
Froisser, rompre, gaster tout cest art miserable,
Emmesle & brouille tout, & la race damnable
Des Potiers en lamente : & ainsi que les dens
Des cheuaux en craquant vont rompants & mordants,
Le fourneau les derompre, & saccage, & d'estruise,
Mette tout en morceaux, tout en piece d'ebrise,
Que sur ce lieu Circé la fille du Soleil,
La sçauante en poisons, par son art nompareil
Ses sortileges faux, & ses breuuages verse,
Et leur ouurage & eux perde gaste & renuerse :
Que sur ce lieu Chiron & sur ouurages tels
Face venir soudain les Centaures cruels
Qui cheurent sous les mains du magnanime Hercule,
Dont l'effort ruineur brise, consume & brule
Et matiere & fourneau. Le voyant les Potiers
En deplorent leur perte & degasts tous entiers :
                              Et moy

Et moy de mon costé Me riray de leur perte
Pour l'incommodité qu'ils en auront soufferte.
Et qui se courbera pour regarder dedans
Qu'il se brule & rostisse en leurs charbons ardans
Si que ceux qui orront parler de cest affaire
Se repentent du mal, & taschent à bien faire.

Eiresione, où Rameau d'oliue
entortillé de laine.

Nous sommes arriuez, (courant & tracassant,)
Dans la maison d'vn homme epulat & puissant
Dont le pouuoir est grand, dont la fortune est forte.
Au reste, qu'on me donne, & qu'on m'ouure la porte.
Icy puissent tousiours entrer heureusement
La richesse, la ioye & le contantement
Auec la bonne paix : les vaisseaux s'y remplissent,
(Et rempliz qu'ils seront iamais ne se tarissent.)
Que la blanche farine & le gasteau plus fin.
Dans l'abondante met s'y pestrissent sans fin.
La brus de la dedans en carrosse se mene,
Le couple de mulets au logis la ramene
Gras reffaits & diposts, & soit assise encor
Son ouurage tissant & sur l'ambre (& sur l'or.)
Ie reuiendray a toy, (ô maison fortunee,)
Ie reuiendray a toy au bout de chasque annee
Ainsi que l'arondele en ton plancher nichant
Et dessous ton couuert (au printemps) se perchant

Si tu donnes ou non : fay selon ton courage,
Ie ne puis pas icy demeurer d'auantage.
Car de desirer plus seiourner en ce lieu
Ce n'est pas mon humeur, mais de te dire adieu.

A des Pescheurs.

Vos peres furent tels, ils n'eurent labourages
Et leurs trouppeaux n'alloient en grand foule aux
pascages.

FIN DES POEMES D'HOMERE.

LOS ME CORONANT.

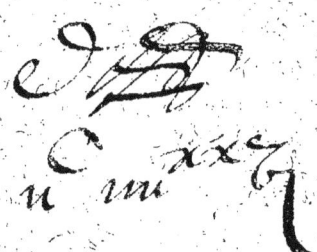

www.ingramcontent.com/pod-product-compliance
Lightning Source LLC
Chambersburg PA
CBHW051929280626
47162CB00025B/1944